ハーレクイン文庫

危険な同居人

ジェシカ・スティール

塚田由美子 訳

HARLEQUIN
BUNKO

THE TROUBLE WITH TRENT!

by Jessica Steele

Published by Harlequin Japan, a Division of K.K. HarperCollins Japan, 2024

危険な同居人

◆主要登場人物

アレシア・ペンバートン……個人秘書。アシスタント。
エリナー……………………アレシアの母。
マキシーン…………………アレシアの姉。
サディ、ジョージア、ポリー……マキシーンの娘たち。
キース・ローレンス………マキシーンの夫。
ニック・サンダース………アレシアの同僚。
トレント・デ・ハヴィランド……コンサルティング会社のオーナー。

1

私、パーティに行きたいと思っているのかしら？　ベッドルームで、アレシアは気乗りがせずにぐずぐずしていた。パーティはあまり好きなほうではない。その時、金切り声があたりの空気を引き裂いた。アレシアは心を決めた。家にいて姪の疳の虫に耐えるより、パーティのほうがましというものだ。以前この家はとても平和だったのに。

一カ月前まで、アレシアは判で押したような、平穏無事な日々を送っていた。なんの予告もなしに、姉のマキシーンが突然夫と別居するまでは。

六歳年上のマキシーンがキース・ローレンスと結婚した時、アレシアは十二歳だった。〝続くはずがないわ！〟その結婚に絶対反対だった母のエリナー・ペンバートンはそう公言したものだったが、しかし続いた——十年間。

それから、マキシーンが戻ってきて、エリナーは勝利をおさめた。子供たちを急ごしらえのベッドに寝かしつけたあと、夫が勤務先の会社の金を着服していたことをマキシーンは告白した、と打ち明けた。

「私はまったく驚きませんよ！」エリナーはあけすけに言い放った。「あの男が頼りにならないことは、最初からわかっていたわ。根が不正直なのよ！」

マキシーンは泣き崩れた。続いて、彼女の二歳の娘、熟睡しているはずのポリーが、甲高い悲鳴をあげた。さらに、大人たちが気づかないうちに、七歳のサディと五歳のジョージアがベッドを抜け出して、おうちに帰りたいと泣きながら階下に下りてきた。

「あなたたちのおうちは、今ではここ、おばあちゃんのところなのよ、ダーリン」祖母は孫娘たちをなだめ、一時間後にようやく彼女たちを静かにさせた。

「私、どうすればいいのかわからなくて」再び居間に落ち着いた時、マキシーンは沈んだ声で言った。「キースは盗みが発見される前にお金を返したいと考えているの。家を売りに出して……」

「家を売る！」驚いて、エリナーは叫んだ。「彼はそんな大金を横領したの？」

「家のローンの残りを返済しなくてはならないもの。だけど、キースが着服したものを返すのに充分なだけは、手元に残るはずなの」

「そもそも、彼はどうして会社のお金に手を出したのかしらねえ？　S・E・C社の責任のある地位に就いていたのに……」

そこで、マキシーンが夫を見捨てたのは、キースが犯罪行為の追及を免れるために自宅を手放そうとしているせいだけではないことが明るみに出た。「あの人、浮気をしているの……」

「やっぱり！　あなたはあの男の三人の子供の母親ですものね。男どもときたら！」エリナーはさげすんだ。それから、お気に入りのテーマである男性論、彼らの気まぐれ、彼らのだれひとりとして信用ならないことをまくし立てた。

アレシアの父親は、彼女が十歳の時に妻以外の女と暮らすために家を出た。だから、アレシアは男性の悪行の数々を頭の中にたたき込まれながら育った。

「彼の浮気はこれが初めてじゃないの」マキシーンは苦々しい口調で続けた。

「今の話を聞いた、アレシア？」エリナーは、今度は下の娘に話しかけた。

「ええ、すっかり」アレシアは静かに応じた。「だから私はキャリアウーマンの道を選んだの」

翌朝、アレシアは早々と起きた。一家の住まいはロンドン郊外にあり、勤務先まで車で一時間ほどかかる。いつもどおり、家を出る前に母親に紅茶を運んだ。マキシーンにも運ぶことを考えたが、昨夜のポリーの金切り声を思い出して差し控えた。うっかりマキシーンの部屋に入って、眠っている子供を起こしては一大事だ。

アレシアは大企業ゲール・ドリリング・インターナショナル社で働いている。二年間訓練を受け、二年間秘書としての経験を積んだあと、最近ヘクター・チャップマンの個人秘書であるキャロル・ロビンソンのアシスタントに抜擢(ばってき)された。

ヘクター・チャップマンは会社の最高責任者であると同時に豊かな人間性の持ち主でもあり、彼のために働くことは楽しかった。彼とその妻アーシュラは、一カ月後に銀婚式を迎える。

アレシアとキャロルは、彼女たちも招待されている、ホテルでのダンスとビュッフェの祝賀会の準備に追われていた。招待状を送り、普段疎遠にしている親戚(しんせき)のためにホテルを予約し、花屋と交渉を重ねた。何ひとつ落ち度があってはならない。

忙しいけれども刺激的な一日を終えて帰宅したアレシアは、昨夜は六人がまずまず快適に暮らせると考えた家が、少し様変わりしたことを発見した。マキシーンの家具が到着したのだ。

「あなた、気にしないでしょう?」アレシアのあとについて妹の寝室に足を踏み入れながら、マキシーンは心配そうに尋ねた。

かつては広々としていた寝室を、アレシアは茫然(ぼうぜん)と見回した。そこには今、新たに洋服だんす、二脚のアームチェア、そしてソファが詰め込まれている。そう、同情だけでは、事はすまないのだ。

「もちろん、気にしないわよ」アレシアはきっぱりと答えた。「私は、その……少し驚いただけ。引っ越し業者って、お客を長々と待たせるものだと思っていたから」

「お母さんがどんな人か、知っているでしょう。バンを一台手配して、うちの庭師と彼の友人に頼んで、家具を運ばせたの。お母さんに言わせると、キースが家もろとも家具まで売り払う前に、運び出すのが常識ですって」

アレシアはその姿が目に見えるような気がした。お母さんはマキシーンの家に押しかけ、家中を調べて回り、そして采配をふるったんだわ。

あれから一カ月たった今では、多すぎる家具のせいで身動きが取れない状態だった。マキシーンの家の中身がそっくり移ってきたからだ。何かにすねをぶつけてすりむくことなど、日常茶飯事だった。

ポリーの金切り声はまだ続いている。彼女の体には少しも具合の悪いところはない――痞の虫以外には。そして、彼女はオペラ歌手も顔負けの肺活量の持ち主なのだ。

パーティに出かける時間だわ！　アレシアは鏡の中を見つめた。素直なすみれ色の瞳が、彼女を見つめ返す。アレシアはほおを包むようにあごの下まで垂れている、ブロンドの髪をちらっと見やった。

ドレスが短すぎたかしら？　チャップマン夫妻の銀婚式のパーティのために買ったドレスはバイオレット・ブルーで、アレシアの瞳の色とマッチしている。脚がすんなりと伸びて、美しい。お店では丈がこんなに短いとは思わなかったけれど……。細い肩ひもがつき、腰のところからスカートが緩やかにフレアしている、ごくシンプルなデザインだ。

結局正しい選択だったのよ、とアレシアが自分を勇気づけていると、ベッドルームのドアが開いた。プライバシーなど過去のものだ。アレシアの七歳の姪が入ってきた。

「ごめんなさい」サディは謝った。「おばちゃんが着替え中だってこと、知らなかったの」

「着替えは終わったわ」アレシアは微笑した。

「えっ、パーティにペティコートで行くの?」

困ったわ! アレシアが頭を抱えているところへ、姉がやってきた。「出ておいきなさい」マキシーンは娘に命じた。

「サディはこのドレスをペティコートみたいだと思っているのよ」アレシアはパニック状態で訴えた。

「ばかなことを言わないで! パーティでは、もっと短いドレスをたくさん見かけるに決まってるわ」マキシーンは妹を元気づけた。

うれしいことに、姉の予言は的中した。流行の、ももまでの丈のドレスの中にまじると、アレシアの装いは確かに上品に見えた。

人々とくつろいだ会話を交わすのは、楽しかった。ミセス・チャップマンから渡された招待客名簿の中の名前と出席者の顔を照合するのも、気楽にダンスの輪に加わるのも、楽しかった。

キャロル・ロビンソンも楽しんでいた。アレシアはキャロルが三十二歳で、仕事に献身的だということを知っていたが、そのキャロルがチャールストンのお相手を申し込まれて、なんと同意したのだ。

まあ！　アレシアは愛らしい目を大きく見開いた。キャロルに、チャールストンが踊れるという特技があったなんて……。オフィスでは有能このうえない個人秘書が、こんなにくつろげるとは！

アレシアは微笑して踊り手たちから目をそらし、何気なく右のほうを見た。そして息をのんだ。十メートルほど離れたところに、ダンスを見物していない人物がいる。三十代半ばごろの、長身で黒みがかった髪の男性が、じっと彼女を見つめていたのだ。

彼女はあわてて視線をキャロルに戻した。しかし、キャロルのすばらしいステップにも、もはや先ほどのような感銘は覚えなかった。彼はだれ？　なぜ私を見ていたの？　いつから見ていたのかしら？

その男性と言葉ひとつ交わしていないにもかかわらず、アレシアはなぜかその出会いに心を揺さぶられていた。ばかみたい！　でも……。

その時、音楽が終わり、息を切らせたキャロルがやってきた。「ふうっ、暑い！　私、飲み物を取ってくるわ。あなたにも何か持ってきましょうか」

アレシアはその申し出を断り、あの長身の、黒っぽい髪の男性がまだそこにいるかどうかを確かめるために右のほうを見たいという、強い衝動に駆られた。そうしないためには、懸命の努力が必要だった。

次の踊りはウィンナ・ワルツですとアナウンスしている司会者に、注意を集中した。そして、次の瞬間、アレシアはついさっき自分を見つめていたあの男性が、目の前に立っていることに気づいた。

アレシアも背が高いほうだったが、それでも彼を見上げなくてはならなかった。すみれ色の瞳が、彼の黒みがかった瞳と出合った。そして彼女の心臓は、なぜか少しどきっとした。

「僕と踊ってくれますか?」男が尋ねた。温かな、気持のいい声だ。

「私……」

「君はまだ、僕を知らない」わずかに微笑しながら、相手はアレシアの言葉を勝手に解釈し、続いてその知識の欠落をすぐに補った。「僕はトレント・デ・ハヴィランド」

デ・ハヴィランド……。その名前を招待客の名簿に入力した記憶がある。「はじめまして」アレシアは思わずつぶやいていた。

「それで、君は?」

アレシアは男性を警戒するように育てられたが、しかしここは大勢の人がいるホテルの広間だった。いくらトレント・デ・ハヴィランドが世慣れた男性でも、衆人環視の中でアレシアの略奪は企てないだろう。「アレシア・ペンバートンです」

形のいい唇に浮かぶほほ笑みが大きくなった。「で、君はどこから来たのかな、アレシア・ペンバートン？」

「ミスター・チャップマンのオフィスで働いていますの」

「ほら、これで僕たちは知り合いだ」トレントはきめつけた。実際は、アレシアが彼について知っているのは名前だけなのだが。「踊ろう」

「私、ダンスはしないんです」アレシアはあわてて断った。

「どうして僕に嘘をつくの？」トレントは冗談めかして非難した。動こうとはせず、じっとアレシアを見つめている。

「ごめんなさい」踊っているところを見られたのかもしれないと悟って、アレシアは即座に謝った。職場でも家庭でも冷静なのに、この男性を相手にしていると、なぜうろたえてしまうのだろう？「私が言おうとしたのは、ウィンナ・ワルツは踊らないという意味でしたの。踊れないんです」

「君は六まで数えられるだろう？」トレントが尋ねた。アレシアの謝罪は受け入れられたようだ――彼が彼女のひじをつかみ、ダンスフロアーに導いたから。

　最初の二、三歩をつまずいただけで、十秒足らずのうちにアレシアは軽やかにステップを踏んでいた。トレントは右手で彼女の背を支え、左手で彼女の右手を握って、二人の体の間に適切な距離を保ちながら優雅にリードした。

　ワルツの調べに乗って、二人はフロアーを何度も回った。アレシアは過去の世界に迷い込んだかのような、不思議な魅惑にとらわれていた。ミニ丈のドレスではなく、華麗な夜会服をまとい、きらめく宝石で身を飾っているようだ。

トレントが何を考えているのか、アレシアはまったく測りかねた。彼はひと言も発しなかったから。

踊り手のひとりが二人に激突しかけた。トレントにぐいと抱き寄せられ、彼女は再び息をのんだ。安全なところに逃れたあとの数秒間、なおも彼の胸に抱かれて、アレシアは奇妙な息苦しさを覚えた。

彼女は黒っぽい瞳を見上げた。ほかの人間は存在せず、世界に二人きりのようだ。彼の瞳が、温かな瞳が、アレシアの魂の奥底を探っている。

アレシアの唇から小さな声がもれた。唇が開き、トレントは強いまなざしを彼女の瞳から下へと滑らせた。背に置かれた彼の手に引き寄せられるのを感じて、アレシアの背筋に震えが走った。

その時、演奏が終わった。アレシアは夢うつつの状態から、突然我に返った。同時に、パートナーがもはや自分を抱いてはおらず、一歩身を引いていることに気づいた。何か言わなくては……。〝ありがとう〟とだけでも。しかし、口がきけなかった。そして一瞬後、何も言う必要がないことに気づいた。トレントは黙ったまま、彼女をダンスフロアーの外にエスコートしたのだ。続いて彼は――やはり黙ったまま――大またで彼女の視界から消えた。

その夜、アレシアがトレント・デ・ハヴィランドを再び見かけることはなかった。たぶん彼は礼儀上パーティに顔を出して一度だけ踊り、そのあと、お決まりの土曜の夜の楽しみを求めて逃げ出したのだろう。いずれにせよ、私にはまったく興味のないことだわ！

真夜中になり、キャロルがそろそろ帰らないかと誘った。アレシアは同意し、チャップマン夫妻にあいさつしてから、みんなにさようならを言った。

「いいパーティだった？」翌朝、姉が尋ねた。

ちょっと考えてみて、アレシアは思った。そう、いいパーティだったわ、と。「ええ、とても」

「だれか特別な人がいたの？」姉は知りたがった。

いったいなぜ長身のトレント・デ・ハヴィランドが突然心に浮かんだのか、アレシアはわからなかった。しかし、長く考える必要はなかった。母親が辛辣(しんらつ)な口調で割り込んできたからだ。「あなたの〝特別な人〟が男性を意味しているとしたら、私はアレシアが思慮深いことを祈るばかりだわ！」

「特別な人はいなかったわ」アレシアは穏やかに否定した。けれど、おかしなことに、〝あなたはどうして嘘をつくの？〟と小さな声で非難されているような気がして、ひっそりほほ笑みたくなった。

その日の残りは騒がしく過ぎた——疲れたポリーが昼寝していた短い静かな時間をのぞいて。ポリーの二人の姉たちは、言い争っていない時はとてもおもしろい。とはいっても、月曜日になった時、アレシアはうれしかった。どんなに忙しくても、家よりオフィスのほうが平和に思われる。

家を出ることを考えるべきかしら？　オフィスに向かって車を走らせながら、アレシアはふと思った。フラットを借りようかしら？　マキシーンは夫のもとを去って以来、一度も彼に会っていない。だが、姉夫婦が電話で話していることは知っている。マキシーンは泣きながらキースに電話をしている。たいていは、彼が約束しておきながら実行しない生活費の送金にからんでの話だ。マキシーンが夫を見捨ててから一カ月になるが、姉が夫のところに戻る気配はまったく感じられなかった。

オフィスに着いたとたん、アレシアは家庭内の問題を忘れた。オフィスはいつもどおり活気にあふれ、いつもどおり多忙だった。

午後の半ば、未払いの請求書を調べるために、アレシアは〝祝賀会〟のファイルを開いた。そして偶然、招待客名簿を見た。無意識のうちに、名前に目を走らせる。彼女は〝デ・ハヴィランド〟のところで視線を留めた。招待状のほとんどが夫妻あてになっている中で、アレシアをリードして優雅にワルツを舞ったあの男性のものは、彼ひとりのあて名になっている。「ミスター・トレント・デ・ハヴィランド」声に出して読んだ次の瞬間、アレシアは彼の腕の中へ、ダンスフロアーへ戻っていた。ワルツの調べが流れ……。

「私を助けてくれる？」両手に山ほどの書類を抱えてミスター・チャップマンのオフィスから出てきたキャロルが、アレシアを夢から覚ました。

「もちろんよ」アレシアはほほ笑みながら快く承諾し、その夜はいつもより少し遅くなったけれども、一日の成果に満足して帰宅した。

　家の中は騒がしかった。子供たちは無限のエネルギーと声を備えているようだ。ほかに置き場所がないという単純な理由で玄関ホールに置かれた整理だんすにぶつかって、アレシアはまたしてもあざをこしらえた。そして、家を出ることを、今朝よりは少し真剣に再び考えている自分に気づいた。

　その夜の八時半ごろ、すでに眠ったサディとジョージアの目を覚まさないよう、ポリーが階下に連れてこられた。今夜は眠らない、とポリーは決めたのだった。泣き、わめき、息を止める。あまりに長く止めているので、二度と息をしないのではないかとアレシアは怖くなった。泣き疲れたポリーが眠りに落ちた時、大人たちは疲れ切っていた。

「私たちが越してきたおかげで、あなたの平和な生活は台なしね。いやでたまらないでしょう、アレシア？」椅子に倒れ込み、妹が差し出したコーヒーのカップをありがたく受け取りながら、マキシーンは妹の気持を推し量った。

「とんでもないわ！」アレシアに代わって、母親がきっぱりと否定した。母はそもそも娘の結婚に反対で、マキシーンが戻ってきたことを喜んでいるのだ。

電話が鳴り、マキシーンが体を起こそうとした。「私が出るわ」アレシアは自分から買って出た。電話をかけてきたのが、今週もまた生活費を送金できないと妻に告げようとする無情な義兄であっても、礼儀正しく応対するのよ、と自分に言い聞かせながら。「もしもし」彼女は受話器に向かって言った。

一瞬の間があって、気持のいい声が聞こえた。「やあ、アレシアかい、トレント・デ・ハヴィランドだ」彼女の全身はかっと熱くなった。

わかっていた――信じることはできなかったけれど。それが彼の声だと、アレシアは直感的に悟っていた。「まあ、こんばんは」とっさに応じてから、彼女にしては珍しく、またもやすっかり狼狽(ろうばい)して尋ねた。「私になんのご用でしょう?」

ミスター・チャップマンの自宅の電話番号を知りたいのかしら? 土曜日のパーティのお礼を言うために。

「明日、君とディナーを共にしたい。時間は空いているかい?」彼は単刀直入に切り出し、アレシアの冷静さを失わせた。

「私……」彼女は口ごもった。まだ仕事上の電話のようなつもりで、どういうご用件でしょうかと質問しかける。自分を取り戻そうと努めたが、適切な言葉が思い浮かばないうちに相手に先を越された。

「よかった」トレントはひとり合点すると、アレシアがすでに彼の招待を承諾したかのように言葉を続けた。「七時に迎えに行くよ」

アレシアは我に返った。「きっと、私の住所はもうご存じなのね？」力なく尋ねた。

「おやすみ」トレントはそう言い、電話が切れた。

アレシアは手の中の受話器を茫然と見つめた。私はほんとうに承諾してしまったの？私の心をなぜかかき乱す、あの男性の誘いを？

明らかに承諾したのだ。ただ、思い出せるかぎり、彼は断る機会をほとんど与えてくれなかったけれど。

2

トレント・デ・ハヴィランドに電話をして、招待を断ろう。アレシアは朝にはそう心を決めていた。先約があったことを忘れていたと言おう。今夜もまた、ポリーは眠らないんじゃないかしら？　ふとそんな思いが頭をよぎり、気が重くなる。もしポリーが眠らないと決めたのなら、全世界がその事実をいやというほど思い知らされるはめになるのだ。

姪の疳の虫とは無縁の夜を過ごせたら、どんなにすてきだろう。そんなことを考えている自分に嫌悪を覚えながら、アレシアは母親に紅茶を運び、オフィスに出勤した。

招待客名簿を取り出してトレントの自宅の電話番号を探そうとしたが、記載されていなかった。ミスター・チャップマンは会議から会議へと走り回っていて、結局彼からきき出すチャンスも見いだせなかった。

「さようなら、アレシア」五時二十分過ぎに駐車場で別れる時、キャロルは言った。

「さようなら」アレシアはほほ笑み、激しく打つ胸を抱えて家路についた。デートをした経験はあるけれど、知り合ったばかりの男性が相手ではなかった。それに、トレントのような男性は初めてだ。

「夕食は遅くなりますよ」アレシアの顔を見るなり、母のエリナーは言った。「今日は大変な一日だったの」

「ポリーがむずかったの？」アレシアは推測した。

「あの子はとてもおとなしかったわ。そうじゃなくて、私たちはマキシーンの家に行ってきたの——まだ売れていないのよ。すると、彼がいるじゃありませんか！」

「キースが？」

「もちろん、彼よ。停職処分になってね」

「使い込みを会社に発見されたのかしら？」

エリナーはうなずいた。「調査中らしいわ。私、キースに二言、三言、耳の痛い話をしてやったの。すると、彼、私のことをなんて言ったと思う？　おせっかい女ですって！」

顔に涙の跡をとどめたマキシーンがやってきた時、エリナーはようやく口を閉ざした。

アレシアは急いで言葉を挟んだ。「実は、私、今夜は外で食事をするの。だから、夕食は……」

「キャロルと一緒なの？」

「いいえ……あの……知り合いと」

「男性のお知り合い？」アレシアに説明を許さず、エリナーは矢つぎばやに質問を放った。

なのね?」

「ゆうべ電話をかけてきたのはだれなのか、あなたは教えてくれないけれど、お相手は彼
「ええ、実はそうなの」

「ふうん」エリナーは鼻を鳴らした。「私の知っている男性?」それが、次の質問だ。アレシアはすでに数回、この種の厳しい尋問を経験している。

「お母さんに紹介するわ、彼は七時に私を迎えに来るから」アレシアはそう答えると、シャワーを浴びて着替えるために急いでその場を逃げ出した。もし私が、自分自身に言い聞かせているように、トレント・デ・ハヴィランドとのデートを望んでいないのなら、どうしてこんなにも胸がときめくのだろう、といぶかりながら。

約束の時間までに支度を整えるために、急がなくてはならない。サディとジョージアが手伝いにやってきたおかげで、五分よけいにかかった。

フェイスパウダーを取り合って争う姉妹を引き離し、それぞれの耳の後ろに香水をスプレーしてなだめる。アレシアと二人の〝お手伝いさん〟は、七時一分前にようやく部屋をあとにした。

「アレシアおばちゃんが香水をかけてくれたの……」少女たちは居間に走り込み、そして、ぴたりと足を止めた。

姪たちを追いながら、アレシアは背筋に不安が走るのを覚えた。そして彼女もまた、ぴ

たりと足を止めた。トレント・デ・ハヴィランドはすでに到着していた！　その場の緊張した雰囲気が多くを物語っている。

彼はいったいいつから母と姉、それに珍しくも天使のように見えるポリーと一緒に居間にいたのだろう？　見当もつかない。車の音も聞こえなかった。もっとも、そばでサディとジョージアが大声で騒いでいれば、それも驚くに当たらないけれど。

「ごめんなさい、ご紹介が遅れて」お酢ダイエットを一週間も続けたかのようなエリナーの表情を無視しようと努めつつ、アレシアは笑顔で居間に入った。マキシーンも母親と似たり寄ったりの苦々しい表情だ。いったい何があったのだろう？

「数分早く着いたものだから」トレントはすでに立ち上がっていて、サディとジョージアにこんにちはと声をかけると、アレシアのほうにやってきた。「自己紹介はすませたよ」気楽な調子で言ったものの、やはり出発を遅らせることは望んでいないようだ。「じゃ、行こうか？」

二人はさようならを言い、アレシアが先に立って玄関ホールへ出た。「明日の朝、早起きしなくてはならないことを忘れてはだめよ、アレシア！」母親の鋭い警告が追いかけてきた。

やれやれ！　アレシアは整理だんすをよけて進み、次の瞬間、物と物とがぶつかる大きな音を耳にした。トレントが整理だんすをよけなかったせいだ。どうやら、今夜は大変な夜になりそうだわ。

「すみません」彼女はぎこちなく謝った。母がうるさく尋問したので、トレントはデートを中止しようという決意を固めたのではないかしら。

「すまない？」助手席のドアを開けながら、彼は問い返した。車は黒の最高級車で、職業がなんであれ、彼が高給を得ていることを示している。

家族への忠誠心と、彼と家族との間のやりとりを知りたくないという思いから、アレシアは言わずにいられなかった。「玄関ホールの整理だんすに向こうずねをぶつけたんじゃありません？」

「あのたんす、男友達をテストする目的で置いてあるの？　どんなに勇敢かを見るために」

「あなたは泣かなかったわね」アレシアはそう答えて、急に緊張がほぐれるのを感じた。そして、二人とも声をあげて笑った。

トレントはおいしい料理を出すことで評判のレストランにアレシアを伴った。しかし、そこで何を食べたかを、彼女はほとんど覚えていない。トレントが機知に富み、思慮深く、博識で、ディナーを共にする相手として最高だったからだ。

「ヘクターのために働くのは、楽しいかい？」トレントが尋ねた。

「ええ、とても」アレシアはそう答えたが、良心に従って言い添えた。「でも私は彼の個人秘書ではないんです。個人秘書はキャロル・ロビンソンで、私は彼女のアシスタントなんです」ああ、でも、彼はそんなことはとっくに知っているんじゃないかしら。「あなたがなんのために私の住所と電話番号を知りたがるのか、ミスター・チャップマンはわけを尋ねませんでした？」アレシアは質問した。おもしろがっている時にトレントの唇の両端がきゅっと持ち上がるのが気に入ったことを認めずにはいられない。

「ただのアシスタントにしておくには、君は頭が切れすぎるな」トレントは魅力的に答えた。

トレント・デ・ハヴィランドが必要とする情報をどこから入手したかはやすやすと推測できたが、アレシアは彼の魅力を楽しんだ。ヘクター・チャップマンがその情報を提供したという事実は、意味深長だ。ごく親しい間柄であることはもちろん、信頼できる人物と確信していないかぎり、ミスター・チャップマンはアレシアのことを何ひとつ質問者に明かそうとはしなかっただろう。

あらゆる男性を信用しないように育てられたにもかかわらず、アレシアはトレントを前にして、これまで一度もなかったほどリラックスできるのを感じた。そして、もっとも自然だと思われる質問をした。「それで、あなたはどんなお仕事をなさっているんですか？」

「僕は科学技術方面の仕事に携わっている」

「まあ、それじゃ私はお手上げだわ」アレシアは笑った。「学生時代、科学はいちばん苦手な学科だったの」

「ほかの科目は優秀だったんだろう?」トレントは言った。「君のこと、もっと聞かせてほしいな」

わけもなく、アレシアは再び緊張を覚えた。「お話しすることは、何もありません」

彼はそれを受け入れなかった。「君は君の家でお母さん、お姉さん、それにお姉さんの子供たちと暮らしている」トレントはどこまで知っているのだろう? アレシアは警戒心を抱いた。「君の家族に男性はいないの?」

「あなたの家族に女性の方はいらっしゃるの?」いらだちを抑制できないまま、アレシアはそっけなく問い返した。

「僕はひとり暮らしさ」トレントは率直に答えてから言い添えた。「ただし、週に三回やってきて掃除や洗濯をしてくれる、貴重な人がいることは認めるよ」

彼の顔にはかすかな笑みがあったが、アレシアは急にぎこちなさを覚えて、適切な受け答えができなかった。「結婚なさったことはあります?」唐突に質問した。

トレントは、しばしアレシアのにこりともしない顔を見つめていた。彼女の質問の裏にあるものを探ろうとするかのようだ。「いや、一度も」ようやく答えたものの、その瞳は用心深く、笑顔はすっかり消えている。「君は?」

「とんでもない。一度もありません!」

「結婚がおぞましいもののような言い方だけど？」

不意にアレシアの緊張がほぐれ、予期しないユーモアのセンスが頭をもたげた。「あなたが申し込まないかぎりは、大丈夫ですわ」そして、トレントにひたと見つめられて、先を続けた。「あなたの気持を傷つけることは望みませんもの」

「求婚者は優しく拒む――それが君のモットー？」アレシアがすでに何度も求婚されていると心から信じているかのように、トレントは尋ねた。私は結婚に興味がないのに！ それに、この話題は好みではない。だが、アレシアが口を開く前に、トレントのほうから話題を変えた。「君のお父さんについて、質問していいかな？」

この新しい話題がより好ましいものかどうか、アレシアはわからなかった。「私の父について？」

「一緒に暮らしてはいないんだろう？」

母が話したのかしら？ そうだとは思いたくない。しかし、母はその気になれば、他人を巧みに操れる。居間に入った時の母と姉の不愉快な表情を、アレシアは思い出した。そして、さっきは何があったのか知りたくないと考えていたにもかかわらず、とっさに尋ねた。「母はあなたに何を言ったんですか？」

「君が美しいすみれ色の瞳に苦悩をにじませるようなことは、何も」トレントは答えた。

優しいのね、とアレシアは思った。しかし、それが回答になっていないという事実に変わりはなかった。

「じゃあ、話してくださいませんか」

トレントは無造作に肩をすくめたが、瞳は注意深い色をたたえていた。「君はどうやら、男性よりも自分のキャリアにいっそう関心があるらしいね」

「そのどこがいけないかしら？」

「どこもいけなくないさ」トレントは如才なく答えた。ただ、母の表情が気にかかり、アレシアはさらに追及しないではいられなかった。

「というと？」

「執拗な尋問だな」

「それで？」

「女性に対して失礼な言い方に聞こえる危険を覚悟で言えば、僕はそんなことを信じない」

「まるで歯を抜かれているみたいだわ！」いらいらして、アレシアは叫んだ。「何を信じないの？」

「君は歯も美しいね」トレントはお世辞を言ってから恐ろしい真実を明かした。「君のお母さんによると――表現はもっと上手だったと認めなくてはならないが――君が僕とのデートを承知したのは、出世のためにほかならないそうだ」

無実のアレシアは真っ赤になった。「私は……あなたは……」何度か話そうとしたが、ついに言葉を失った。彼女の気持を楽にさせる仕事は、みじめにも赤面した顔に目を留めたトレントにゆだねられた。

「もちろん、お母さんの言葉を信じるには、僕はうぬぼれが強すぎる」

たとえそれに命がかかっていたとしても、アレシアはほほ笑むことができなかった。母はいったいどうして、そんなことが言えたのだろう？　信じたくはないけれど、母の考えることは想像がつく。「あなたはご自分の会社を持っていらっしゃる。そうでしょう？」

「ああ」

「あなたはそれを私の母に話した。それで……」

「話したことになるのかな？　僕は名乗っただけだが」

母にはいつも驚嘆させられる。彼女の頭の中には近隣のゴシップのみならず、ロンドン経済界に関する索引カードまでもが詰め込まれているらしい！

「そろそろ出ましょうか？」アレシアはそっけなく言った。ディナーを締めくくるコーヒーが運ばれてきたばかりだった。なぜトレントはその時、席をけって帰らなかったのだろう。もちろんそれこそ、母が望んだことだが。

「君はまさか僕の言ったことのせいで、僕にとって、そして願わくば君にとってもすごく楽しかった夜を、台なしにするつもりじゃないよね？」

「トレント……私……」アレシアは口ごもり、ふと思い当たった。母は私がトレントと外出することを望まなかった。でも、私が彼と出かけたからには、それが不首尾に終わることを願っているに違いない。母は私たち姉妹を永久に自分の翼の下に入れておきたいのだ。アレシアは呼吸を整えると、揺るぎない視線をこちらに向けている黒っぽい瞳をまじまじと見た。「あなたの質問に、お答えします」彼女は言った。「父は、私が十歳の時に家を出ました」

トレントの表情は温かく、励ますようだった。「別の女性のもとへ？」

いつもなら、アレシアは貝のように口を閉ざしたことだろう。しかし、今は母親に対する憤りが彼女を向こう見ずな気持にさせていた。

「ええ、別の女性のもとへ」トレントが確認を必要としたにせよしなかったにせよ、ともかくアレシアは重ねて言った。

「そのあと、君のお母さんは、君や君のお姉さんに男が近づかないよう、懸命に努力したってわけだ」トレントはひと息入れると、さらりと言ってのけた。「ああ、お姉さんに関しては、みじめな失敗を喫したようだね。子供を三人見かけたもの」

「それで全部よ」アレシアは言った。トレントのユーモアで気持が救われている。

「でも、子供たちの父親、あるいは父親たちは、家に足を踏み入れることを許されていないとか？」

「マキシーンは結婚していたの。それが最近、挫折してしまって」

「それは残念だね。お姉さんはつらい思いをなさっていることだろう」

「姉の夫が浮気をしたのは、今回が初めてではないんです」アレシアは急いで言った。結婚生活の破綻は姉の落ち度だと誤解されないために。

「今回は実家に帰る、とお姉さんは決心したの？」

「彼女の家具ともどもにね」

「それで玄関ホールに整理だんすがあったわけだ」トレントはにやっと笑った。

「我が家は目下、過密状態なの」アレシアはくすくす笑い、不意に明るい気分を取り戻した。「家を出て、私だけの住まいを見つけようと考えることもあるけれど……でも、結局は実行しないと思うわ」

「お母さんが許してくださらない？」

まったく！　アレシアは憤慨した。「私は二十二よ！　決定権は私にあるわ」怒りのまなざしでトレントをにらむ。しかし、こちらを見返す相手の揺るぎない視線の中には、躍るようなきらめきがあった。アレシアは悟った。彼はわざと私を怒らせたのだ。「挑発魔ね」つぶやいたものの、思わず顔をほころばせている。「私、そろそろ帰らなくては」

トレントはレストランの支払いをすませ、何も言わずにアレシアをエスコートして外に出た。私を家に送り届けてさようならを告げるつもりなのね、とアレシアが少々むっとしながら考えていると、彼が言った。「君のところは込み合っているから、僕の家でコーヒーでもどう?」

「コーヒーは飲んだばかりよ」アレシアは答えた。トレントがこの夜を引き延ばしたがっているようで、心が慰められる。でも、彼は世慣れた男性だし、私もうぶというわけではない。コーヒーとは、彼が実際に意図していることの言い換えにすぎないのかもしれない。

「話し合い、お互いの理解を深められたら、と思ってね」アレシアを助手席に座らせながら、トレントは言った。

あやしいものだわ! アレシアは彼が運転席に滑り込むのを待った。私たち、今晩ずっとおしゃべりしていたじゃない、と言ってやりたかった。

「君について僕が学んだことといえば、君が繊細な感受性を持ち、誠実だという僕自身の観察に加え、君が女性ばかりの過密世帯で暮らしていて、もうちょっと人の少ない場所を見つける意図がある、あるいはない、ということだけだ。僕が到着した時に響いていた甲高い悲鳴から判断すると、君にはもう少し平和な暮らしが必要だと思われる。そうそう、もうひとつ、君は個人秘書のアシスタントだ」

「それで充分じゃありません?」

トレントにまじまじと見つめられ、アレシアは自分の口調が鋭すぎたことを悟った。しかし、彼が何を考えていたにせよ、穏やかな態度に変わりはなかった。「これは僕たちの初めてのデートだよ、争うべきかな？」

初めてのデート……。アレシアはトレントに好意を抱いていた――間違いなく。さもなければ、今ここにいるはずがない。だが、彼が二回目のデートをほのめかすに及んで、警戒心が頭をもたげた。

「君の家まで送るよ」アレシアが再び彼と外出することについて心を決められないでいるうちに、トレントが言った。

二人はあっという間にアレシアの家の前に着いた。トレントが車を降り、助手席のドアを開けた時、アレシアは緊張と不安を抱えて車の外に出た。

彼を家に招き入れるのはやめよう。どんな騒ぎが待ち受けているか、知れたものではない。憤りをつのらせた母は、辛辣な皮肉を用意していることだろう。泣き叫ぶポリーをなだめようと、マキシーンがうろうろ歩き回っているかもしれない。

ドアの前で、アレシアは振り向いた。「楽しい夜を、ありがとう」こわばった口調で言う。トレントは無言のまま、ポーチの明かりを浴びたアレシアを見つめている。彼は私にキスするかしら？　もしもキスされたら、どうしよう？　アレシアはそわそわした。

けれども、トレントはキスしなかったばかりか、二度目のデートも申し込まず、アレシアはすっかりとまどってしまった。代わりに彼は淡々と礼儀正しくあいさつを返した。

「僕のほうこそ、楽しませてもらってありがとう。じゃ、おやすみ、アレシア」それだけ言うと、彼は車に戻っていった。

彼に未練を残していると思われるのはいやだ。プライドに背中を押されるように、アレシアは急いで向きを変え、すばやく家の中に入った。

ドアを閉めてから初めて彼女は足を止め、現状の確認にとりかかった。彼は私にキスをしようとさえしなかった。まして、二度目のデートに誘うことなんか！　たとえ誘われても、もちろん私は承諾しなかったけれど。アレシアはきっぱりと自分に言い聞かせた。しかし、階段の明かりがともり、マキシーンが急ぎ足で下りてくるのを見て、彼女の心の中からトレント・デ・ハヴィランドのことはすっかり消えた。

「彼、帰ったの？」階段の手すり越しに身を乗り出して、マキシーンはささやいた。

「ええ、たった今」アレシアもささやき返す。

「ホット・チョコレートでもいかが？」

マキシーンは、どうやら話がしたいらしい。「大歓迎よ」アレシアは答え、姉妹は足音を忍ばせてキッチンに入った。

そこでまもなくアレシアは、姉が話をしたがったのは寂しかったせいではなく、翌朝まで待てない緊急な用件のせいだったことを理解した。翌朝まで待てば、話の腰を折られることは確実だから。

楽しい夜だったかと尋ねることさえしないで、マキシーンは単刀直入に切り出した。

「トレント・デ・ハヴィランドが何者なのか、あなた、知っているの?」

アレシアは姉の顔をまじまじと見た。彼について私が知っていることといえば、ウィンナ・ワルツの名手で、デートの相手として刺激的な、興味深い男性だということ。それから、彼は私の雇い主の友人でもある。でも、マキシーンは彼は何者なのかと尋ねているのだ。「彼は何者なの?」アレシアは問いを返した。

「彼、あなたに明かさなかったの? 自分がサイエンス・エンジニアリング・アンド・コンサルティング社のオーナーだということを?」姉は迫った。

「トレントが彼自身の会社を所有していることは、知っているわ」アレシアは当惑ぎみに答えた。マキシーンがなぜ興奮しているのか、わけがわからない。「科学技術方面の仕事に携わっている、と教えてくれたけれど、でも……」アレシアは不意に言葉を切った。トレントが名前を告げただけで母が彼の正体を見抜いたことを思い出したのだ。「お母さんのように、姉さんも彼の会社を知っているの?」

「当然でしょう。キースは彼のもとで働いているのよ!」

「キースが……」アレシアは息をのんだ。サイエンス・エンジニアリング・アンド・コンサルティング社とは、その潔白を調査する間、義兄を停職処分にしている、あのS・E・C社なのだ! ああ、なんということだろう。義兄はトレントに責任ある地位を任されていながら、彼の信頼を裏切ったのだ。「キースが自分の会社の社員だという事実を、トレントは知っているかしら？」アレシアはこわごわきいた。

「まさか！　会長に名前を覚えられるほど、キースは偉くないわ」

アレシアにとって、それは小さな慰めだった。トレントが今夜、私の義兄が会社のお金を着服したと知りながら向かいに座っていたとしたら、私はとうていその屈辱に耐えられなかっただろう。「でも、お母さんは知っていたんでしょう？　トレントがキースの雇い主だってことを」

「お母さんは今日、キースあてのＳ・Ｅ・Ｃ社の手紙を見たの。便箋（びんせん）に会長と取締役の名前が印刷してあったわ。お母さんの頭が鋭いことは知っているでしょう？」

「まあ、なんてことかしら！　お母さんが男性に対して抜きがたい敵意を持っていることは、知っているわ。でもトレントが私を迎えに来た時、姉さんまで苦々しい顔つきをしていたのは、それが理由だったの？」

「ほかにどんな顔つきができるというの？」マキシーンは涙ながらに問い返した。「私は多すぎる家具のせいで身動きが取れない家に閉じ込められているというのに、あなたときたら、私の子供の父親を訴えるかもしれない男と楽しい一夜を過ごすために、ドレスアップして外出するんですもの」

「まあ、マキシーン！」アレシアは叫び、姉は声をあげて泣き出した。男たちはなんて下劣なの。姉に走り寄りつつ、アレシアは胸の中でいきまいた。

でも、男性のすべてが下劣なのかしら？　姉を慰めようと試みながら、アレシアはふといぶかった。マキシーンがやや落ち着きを取り戻すと、アレシアは姉が用意するはずだった飲み物を作った。そして三十分後、二階のそれぞれの部屋に引き上げた時、彼女は固く心を決めていた。Ｓ・Ｅ・Ｃ社の最高責任者がだれか、マキシーンが教えてくれたおかげだった。たとえ二度目のデートに誘うためにトレント・デ・ハヴィランドが電話をかけてきたとしても、義兄が彼の信頼を裏切ったことを知った以上、もう決して一緒に外出することはできない！

3

水曜日と木曜日は平穏に過ぎた。もっとも、ふと気がつくと、アレシアはしばしばトレント・デ・ハヴィランドのことを思い浮かべていた。それは予想外のできごとだった。再び彼とデートすることはありえないのだから――たとえ彼が申し込んだとしても……。実際、彼にその気はないだろう。

アレシアの家の電話機が沈黙を守ったという事実から、トレントが彼女のことをさほど、あるいはまったく考えていないことは、明白だった。もちろん、アレシアはそれを気にしているわけではなかった。デートを断るための口実を探す手間が省けたというものだ。姉の夫がトレントの会社の金を着服したからには、どうして彼と外出などできるだろう。

「子供たちがあなたのお部屋に入っていましたよ」金曜日の夕方帰宅したアレシアを迎えて、母のエリナーが言った。

「三人とも？」アレシアは力なく尋ねた。

「サディとジョージアだけよ。マキシーンがポリーをお医者さまに連れていっている間、学校から戻ってきたあの子たちを私が見ていたの。いたずらはしていないと思うわ」

「ポリーはどんな具合なの？」

「少し風邪ぎみなだけ。何も心配することはないって、お医者さまはおっしゃったそうよ」

気持を引き締めて、アレシアは二階の自室へ向かった。「まあ、大変！」部屋に入ったとたん、思わず叫んだ。収容能力の限界を超えて、また新たなテーブルが持ち込まれ、ワードローブの扉は開けっ放しだ。衣類は試着され、背丈の低い者たちが再びつり下げようと試みた結果、くしゃくしゃになっている。化粧台は最悪の状態だ。自分だけのフラットに住むという計画が一気に魅力を増した。家を出るとほのめかそうものなら、母は発作を起こすだろう。でも……。

金曜の夜とあって、サディとジョージアは少し夜更かしすることを許された——おとなしくしているという条件つきで。しかし、その夜、彼女たちはいつにも増して騒がしかった。三人とも眠り、やっと静寂が訪れた時、母や姉と共にアレシアは安堵のため息をついた。

それから、電話のベルが鳴った。奇妙なことに、まったく理由もないのに、アレシアは胸の鼓動が速まるのを感じた。マキシーンが椅子から立ち、玄関ホールに向かった。

「マキシーンはキースに寛大すぎるわ！」娘の姿が消えるやいなや、エリナーは言った。

「あの娘がしたがっているのは……」マキシーンが戻ってきて、母親は口をつぐんだ。

「電話はあなたによ、アレシア」姉が告げた。

「だれなの?」エリナーは知りたがった。

「トレント・デ・ハヴィランド」マキシーンが答え、アレシアは顔が熱くなるのを覚えた。

「あなたはもうあの男と会わないことに決めたと思っていたのに!」エリナーが鋭く言った。

「会わないわよ」アレシアは言い返し、玄関ホールに出ていった。受話器を持ち上げて〝もしもし〟と言う前に、なぜのどをごくりとさせなくてはならなかったのだろう。

「やった! 君をつかまえたぞ」開口一番、トレントは言った。笑わせようとしているのだろうか。

「あなたこそ、外出なさるところなんでしょう?」アレシアはさりげなく言った。私もそうなのだとトレントが誤解してくれますように。

「僕はイタリアから帰ったばかりなんだ」トレントはくだけた調子で言ってから、用件を切り出した。「明日の夜、八時から夜中ごろまで、僕の家でパーティを開くんだけど、君の予定は空いている?」

では、トレントはまた私に会いたいのだ! もちろん、承諾はしない。でも、アレシアは舞い上がるような気分だった。「ごめんなさい……」

「いいんだよ、たいして期待はしていなかったんだ」トレントは愛想よく言った。「君に先約がないとは思えないもの」

「わかってくださるかしら……」二度とあなたに会うつもりはないと、なぜきっぱりトレントに言わないの？　自問しつつ、アレシアはつぶやいた。

「もちろん」トレントは穏やかに請け合ったが、すぐに言葉を続けて、アレシアを驚かせた。「念のため、僕の住所を書き留めたらどう？　君がデートのお相手と近くに来た場合、ちょっと寄ってみる気になるかもしれないからね」

未来の有能な個人秘書にふさわしく、アレシアはてきぱきとメモ帳を用意し、ペンを握った。胸をときめかせるのはよしなさいと自分に命じながら。トレントは、私が明日、彼以外の男性とデートしたとしても、まったく気にしないのよ。だから、それが事実ではないことを明かすつもりはない——彼に気にしてほしいわけではないけれど。「なりゆきに任せますわ。誘ってくださって、ありがとう」アレシアはそつなく答え、トレントの小さなパーティは彼女抜きで開かれるのだと考えた。

丁重に別れを告げ、彼の住所を記した紙片をポケットに入れると、アレシアは居間に引き返した。

「あの男の用件はなんだったの？」エリナーがいきなり詰問した。

「ええと、彼は明日の夜、ちょっとしたパーティを開くらしいの。私にも来ないかって」

「行かないんでしょう?」母は質問というよりきめつけている。もしも行くと言ったら、母はどうするかしら? 卒倒しても不思議はない。胸の中でそうつぶやきながら、アレシアは従順に答えた。「ええ」

「それでいいのよ。彼がまた電話をかけてきたら、うるさくしないで、とおっしゃい」

その夜ベッドに横たわって、アレシアは家を出ることを真剣に考えた。私が望みの相手と外出する権利を主張すると、母はいつも騒ぎ立てたものだ。でも、先週トレントが訪れて以来、母は絶え間なく理不尽な難癖をつける。

母が厳しい試練に耐えたことは、知っている。しかし、マキシーンの場合と違い、父は月々たっぷり生活費を送ってきた。もっとも父がそれを怠れば、母は弁護士に命じて、父の家の玄関先に座り込みをさせかねなかっただろう。

やめなさい! あきれた、私はまるで母みたいにひねくれた考え方をしているわ。いったいいつから、こんなふうに皮肉っぽくなったのかしら。わからない。だが、その時アレシアは不意に悟った。家を出ようと考える時期は終わった。母の轍を踏みたくないなら、すぐに行動に移らなくてはならない。問題は、母に計画を告げる勇気を見いだすことだ。

早朝から騒々しく始まった土曜日の朝は、時間の経過とともにいっそう騒がしさを増した。昼食は大激戦のうちに、〝不公平よ!〟と泣き叫ぶサディが子供部屋に追いやられ、ジョージアはにんまり笑うという結末に終わった。

その時点で、家を出る決意を母に告げるための静かな時間を持つことは、マキシーンの三人の子供たちがすべてベッドにおさまるまで不可能だ、とアレシアは悟った。

二階に追いやられたサディは、妙に静かだ。アレシアにとって、それはあやしい静寂だった。彼女は二階に上がり、サディが自分の寝室に入り込み、口紅を試しているところを見つけた。

「お好きになさいな」アレシアは弱々しくつぶやいた。それから、三人娘が生み出すに違いない地獄の午後を思って、つけ足した。「あなたのママのお許しが出たら、散歩に連れていってあげるわ」

「お菓子屋さんの前を通って？」

「そうしたかったら、中へ入ってもいいのよ」

口紅を塗りたくった姪（めい）からの、突然で熱烈なキスを避けることに、アレシアはかろうじて成功した。

サディとジョージアを伴い、アレシアは三時間ばかり外にいた。滑り台やぶらんこを備えた遊園地と二キロほどの散歩のおかげで、手にお菓子の袋をぶら下げて帰宅した時は、サディもジョージアもすっかり元気そうに見えた。

しかし、二人の少女が明るく見えたのに比べ、彼女たちの母親はとうていそうは見えなかった。マキシーンは顔に深い苦悩をにじませており、娘たちがいなかったら、再び涙にくれていたことだろう。

アレシアはけげんな表情で姉を見た。姉は首を横に振った。マキシーンは明らかに子供の前で新たな危機を論じたくないのだ。しかし、エリナーが通りすがりに、〝あの男がやってきたのよ！〟と冷ややかにもらした時、アレシアは姉の苦悩の原因を正しく推察した。

その日の午後、キース・ローレンスがなぜ勇敢にも義母の家を訪れたのか――その理由をアレシアがようやく聞いたのは、子供たちが寝静まり、姉と二人でキッチンの後片づけにかかった時だった。

どうやら、キース・ローレンスは告訴されるらしい。トレント・デ・ハヴィランドの所有するS・E・C社は、キースが会社の預金の一部を彼個人の銀行口座に流用した確証をつかんだ模様だ。

「まあ、マキシーン、かわいそうに！」アレシアは息をのんだ。「確かなの？　キースがその……刑務所送りになるというのは？」

「キースは確信していたわ」マキシーンは震え声で答えた。「だれかが彼の弁護をしてくれないかぎり、最終的には……」姉ははなをすすり上げた。「最終的には、私の子供たちは前科者を父親に持つという屈辱に耐えなくてはならないのよ。そんなこと、私は我慢できないわ！」

「ああ、マキシーン、やめて」アレシアは姉に走り寄り、片腕を肩に回した。「たぶん、刑務所には入らなくてすむんじゃない？　キースを弁護してくれる人がきっといるわよ。会社でキースが親しくしていた人は？」

「彼、転職したばかりですもの。親しいと言える人はだれもいないわ……ひとりを除いて」マキシーンは涙をぬぐった。「つまり、あなたを除いて」

数秒間、アレシアは茫然と姉を見つめた。

「私？」いったい、なんのことだろう。「どうして、私なの？」

「あなたはトレント・デ・ハヴィランドを知っているわ」

アレシアはびっくりして、すみれ色の愛らしい瞳を大きく見開いた。「ええ、だけど……」

「今夜のパーティに行って、キースを告訴しないように、トレントに頼めるでしょう？」

何時間も思い悩んだあげく、マキシーンはたったひとつ残されたこの解決策を考えついたようだ。

「私、そんなことはできないわ！」アレシアは押し殺した声で言った。

「どうしてよ？」マキシーンは引かなかった。「逆の立場だったら、あなたのために私はやるわ」

「まあ、マキシーン……」アレシアは叫んだ。姉の苦しみは私の苦しみ。しかし、この要求が受け入れがたいことは、姉も理解できるはずだ。「トレントはキースを知ってもいないのよ。私がだれのことを頼んでいるのか、見当もつかないと思うわ」

「トレントがキースを知っている必要はないわ」マキシーンはなおも言いつのった。「彼は会長だもの。告訴を取り下げるように、ひと言命令すればすむことよ」

ああ、大変！　マキシーンは自分のとんでもない思いつきを、完全に実行可能だと信じ込んでいるのだ。「でも、キースは彼からお金を盗んだのよ！」

「そして、あなたはキースの義妹、私の妹、彼の三人の娘の叔母なのよ」

「私……ごめんなさい」アレシアは低くつぶやくと、姉の非難のまなざしに耐え切れなくなり、罪悪感を胸に重い足どりで二階の自室へ上がっていった。

ベッドに腰を下ろし、マキシーンの涙で汚れた顔を忘れようと試みた三十分間、同じ罪悪感がアレシアを苦しめた。トレントのパーティにやすやすと出席し、姉の恥知らずな要求を伝えることなどなんでもない、とマキシーンは考えているらしい。でも、私にどうしてそんなことができるだろう？

また苦しみの三十分が過ぎた。〝逆の立場だったら、あなたのために私はやるわ〟というマキシーンの言葉が、アレシアに新たな難題を突きつけた。私はどうして、それをせずにすませられるだろう？

いやよ、絶対に。トレントの住む高級住宅地へ車を走らせ、彼の家の玄関ベルを鳴らす。それから彼がひとりのところを見はからって〝ところで……〟と切り出し、私はあなたの会社のお金を盗んだ男の義妹ですと告白して、義兄の告訴を取り下げてくれるように懇願する？　ばかばかしい。とんでもないわ！　そもそも、トレントがそんなことを承知するはずがない。

アレシアはちらっと腕時計に目をやった。九時半。彼女は立ち上がり、シャワーを浴びた。そして、心の中で抵抗を続けながら、顔にメークを施し、この前トレントと会った時に身につけていた、シンプルなからし色のドレスに着替えた。

あれはほんとうに今週の火曜日だったのかしら？　ずっと以前のできごとのような気がする。うまくいけば、十一時前にトレントのところに着けるだろう――行きたくはないけれど。

階段を半ば下りた時、マキシーンは私に頼んだことを母に秘密にしているに違いないとアレシアは思い当たった。たとえ孫娘たちがどのような烙印(らくいん)を押されようとも、キースが彼の犯罪行為を償うはめに陥るなら、エリナー・ペンバートンは大きな喜びを感じるだろうから。彼女の意見によれば、刑務所こそ、キースにとってもっとも望ましい場所なのだ。だとすれば、〝私、気が変わったの。やっぱりトレント・デ・ハヴィランドのパーティに行くわ〟などと言おうものなら、母は怒って大騒ぎするに決まっている。

母の激怒を思い、アレシアは一瞬ためらった。しかし、マキシーンに同情しているだけではなんの役にも立ちはしない。今は同情を行動で示すべき時なのだ。

アレシアは大きく息を吸うと、残りの階段を下りた。「いったい、どこへ行く気なの？」居間のドアを通り抜けたとたん、母の詰問が飛んできた。

「私、あの……トレントのパーティに行ってみようと思って」アレシアは勇気を奮って答えた。母親が事の真相を見破るのを恐れて、マキシーンと目を合わせるのは避けながら。

「まあ、トレント・デ・ハヴィランドのパーティに？」エリナーは信じられないといった口調だ。

「ええ」

「そう、私は……」エリナーが声を張り上げようとした時、珍しくマキシーンが母親をさえぎった。

「アレシアには自由に外出する権利があるのよ、お母さん」姉は進んで母の銃火におのれをさらし、アレシアはそのすきにすばやく家を出た。

トレント・デ・ハヴィランドの豪壮な屋敷は、すぐに見つかった。しかし、車をとめ、石段を上り、玄関の呼び鈴を押した時、アレシアの胸は不安でいっぱいだった。

待っている間、彼女は逃げ出したくてたまらなかった。逃げるのは、とても簡単なことだ。でも、それはできない。マキシーンは、私が気を変えたのは姉の頼みを受け入れたから、と考えている。〝私の不正直な義兄を訴えないで〟とトレントに懇願するためだと。トレントが耳を傾けるなどと、マキシーンはよくも考えられたものだ。ましてや、彼が同意することなどありえないのに！

両足は石段にぴったり張りついていたが、アレシアは身を翻して逃げ出す決意を固めかけた。その瞬間、こちらへ向かって近づいてくる足音が聞こえた。ああ、だれか私を助けてちょうだい！　来るんじゃなかったわ。

「アレシア！」カジュアルな装いのトレントがドアを開けた。記憶にあるとおりの彼――長身で黒みがかった瞳と髪を持っている。「さあ、お入り」

「あの……私……その、ボーイフレンドは連れてこなかったんです。かまいません？」緊張のあまり、アレシアは唐突に言った。

「もちろんさ」トレントは平静に答えてドアを閉めた。「君がなんとか来てくれて、うれしいよ」彼はアレシアを広々とした天井の高い客間へ導いた。

床は分厚いじゅうたんで覆われ、石造りの大きな暖炉の前には、低いテーブルとそれを挟む二脚のソファが置かれている。しかし、部屋いっぱいのお客を予期していたのに、アレシアはそこにだれもいないことに気づいた。

「まあ、大変。私はパーティの日を間違えたんだわ！」驚いて、アレシアは叫んだ。

「僕のミスなんだ」トレントはアレシアのすぐにも逃げ出しそうな気配を察したかのように、ドアの前に立ちはだかって礼儀正しく言った。

「ミス？」

「僕が予定していたほかのゲストが、パリから電話をよこしてね。日帰りの予定でパリに飛んだんだが、霧が深くて今夜は帰れないそうなんだ」日帰りでパリに飛ぶ！　まるで別世界の話だ。となると、私はどうやらトレントのただひとりのゲストらしい。「君に連絡するべきだった。そうしなかったことを、許してほしい。なぜか、君は僕の招待を受けるつもりがないと思い込んでいたものだから」

トレントは質問しているのかしら？　困惑のあまり、アレシアはきちんと考えられなかった。「あら、まあ！」彼女は事態を軽視しようと試みた。そして、彼の体を避けながら「じゃあ、私はこれで失礼します」とつぶやくなり、ドアに飛びついた。

しかし、トレントが彼女より先にそこにいた。「君は帰るつもりじゃないよね？」心からアレシアにとどまってもらいたそうな口調だ。

「もう十一時だし、それに、私……」

「君は明朝、出勤のために早起きする必要はない」トレントはからかい、アレシアに母のことを思い出させた。続いて、姉のことを。

ああ、神さま！「それはそうだけど」頭の中の矛盾する考えを整理しようと試みつつ、彼女は同意した。義兄の告訴をとりやめるよう、高潔なトレント・デ・ハヴィランドを説得できると一瞬でも考えたとしたら、私は精神錯乱をきたしていたに違いない。しかし、彼に頼むには今が絶好のチャンスだ。ほかにだれもいないのだから。

「迷っているのかい?」トレントの声がアレシアの考えを中断させた。

「そうね、やっぱりコーヒーをいただこうかしら」アレシアは急いで答え、くすりと笑った。先週の火曜日、トレントは自宅でコーヒーを飲もうと誘ったが、私は断った。それなのに今私のしていることといったら!

アレシアは目を上げ、トレントの視線が彼女の唇に注がれていることを見て取った。トレントは彼女に見つめられているにもかかわらず、平然としている。「君はとても美しい」だしぬけに言い、アレシアがとまどっているうちに、てきぱきと言葉を続けた。「コーヒーだね。僕が用意するから、一緒にキッチンに来たまえ」

コーヒーメーカーをセットしながら、トレントは打ち解けた口調で尋ねた。

「今夜ここへ来るために、君はボーイフレンドを置き去りにしたの?」

トレントに頼まなくてはならない事柄を思って、アレシアは正直であろうと心を決めた。

「私、今夜、デートの予定はなかったんです」続く沈黙が異様に長いものに感じられる。トレントは頭のいい人だ。私が夜遅くなって現れたのには、単に彼の招待に応じたという以上の理由があると察するはずだ。それとも、こんなふうに考えるのは私の罪悪感のせい?

そうであることを、アレシアはすぐに悟った。トレントはコーヒーの入ったカップをトレーに載せると、アレシアを振り返って言った。「僕は特別な人間だと考えていいのかな?」冗談に決まっているのに、まじめくさった言い方だ。

「あなたの夢の中でね!」アレシアは笑いながら答えた。そして、トレントも声をあげて笑った時、気持がずいぶん明るくなったのを感じた。

二人は客間に戻り、コーヒーカップを手にしてそれぞれソファに落ち着いた。「君だけの部屋を見つけることだけど、あれからまた、考えてみた?」トレントが切り出した。彼は覚えていたんだわ! もっとも、彼はたぶん今でも向こうずねにあざが残っているはずだから、超満員の私の家と、私がその家を出たがっている事実は、彼にとって忘れがたいものかもしれない。

アレシアはテーブル越しにトレントを見やった。「来週から探すつもりなんです」そう答えて、ほんとうに月曜日にとりかかる決意を固める。

トレントは何も言わなかったが、アレシアの決断を好意的に判断したようだった。だが、彼は突然話題を変えてアレシアをとまどわせた。「君、今夜はデートの予定はなかったそうだね。決まったボーイフレンドはいるのかな?」

もしいたら、私がここへ来るとでも思うのかしら?「お友達なら何人かいるわ。だけど、私はよく気をつけて……」アレシアはあわてて続きの言葉をのみ込んだ。この人のことはほとんど知らないのに、私は心の奥底にある秘密を打ち明けようとしている。「あなた、このコーヒーに何か入れたの?」

「何も入れてない。誓うよ」トレントはにこっと笑った。そして、アレシアは彼の唇が魅力的だと思った。同時に、家を出る計画をどうして彼にもらしたのだろうといぶかった。まだ母にも話していないのに。そのうえ、最大の秘密まで告白しそうになった。「ところで、アレシア、教えてくれないか？　君はなぜ、男性とかかわることを恐れている……」

「恐れてなんかいないわ！」アレシアは声高にトレントをさえぎった。

「君は他人を信じるのが怖い」

「怖くはないわ」再びアレシアは否定した。いやな人。私のようなケースを問題視して、原因を根絶するまで満足しない心理学者みたい。

「じゃあ、僕を信頼する？」

アレシアはトレントを見た。もちろん、信頼はしない。「だって私はここにいるわ。そうでしょう？」はねつけるように答えた。いったんは招待を拒んだ私がなぜ今ここにいるのか、彼の緻密（ちみつ）な頭脳があやしんでいるだろうと思うと、いたたまれない気持になる。今は彼に理由を打ち明けて頼むのに、ふさわしい時ではない。アレシアは話題を変えようとして、不運にも、もっとも触れたくないもうひとつの話題に頭を突っ込んだ。「だけど私の父は、私が十歳の時に私たちを見捨てたのよ！」

「君のお母さんを見捨てたんだ」トレントは彼女の言葉を訂正した。「君はお父さんを非難する？」

「あなたは非難しないのね！」アレシアは激怒して立ち上がった。「母の例だけでは不充分だとしたら、姉も浮気性の男にだまされるという不運に見舞われたわ。私も同じ轍を踏むべきだ――あなた、そう思うの？」

抗議の連発を浴びて、トレントも立ち上がった。「君がいるのにほかの女に目を移すような男は、精神鑑定が必要だよ」

「まあ！」アレシアは鼻を鳴らし、冷静さと礼儀を取り戻そうと努めながらドアのほうへ向かった。「私、帰ります」

背後からトレントの手が伸びて、アレシアの腕をつかんだ。「いや、帰らせないよ」彼女を向き直らせつつ穏やかに言う。「まあ、落ち着きたまえ」

「落ち着いているでしょう！」アレシアは腕を振りほどこうとしたが、むだだった。見え透いた嘘に、トレントは声をあげて笑った。「君に必要なのは……」彼女の抗議を無視して抱き寄せながら、ずうずうしくも言い放った。「優しい抱擁さ」

アレシアはトレントをぶってやりたい衝動に駆られた。「嘘よ！」彼の腕の中でもがきながら、憤然として否定する。

「リラックスして、アレシア」トレントは優しくなだめた。「自然にふるまうことだよ。お父さんが家を出られて以来、あるいはそれ以前から、お母さんに教え込まれた言葉を大げさに言い立てるのは、やめたほうがいい。お母さんが君の頭の中に吹き込んだことは、すべて忘れるんだ。君自身を取り戻し、信じることを学びたまえ。そして……」

「言いたいことはそれで終わり？」アレシアは彼をさえぎって言った。

「いとしい人」トレントは答えた。「僕はまだ、始めてさえいない」そう言いながら、彼はアレシアと唇を触れ合わせた。

彼のふるまいに驚いて、アレシアは一瞬動けなくなった。それから、だしぬけにぐいと身を引いた。「やめて！」しかし、彼は放そうとしない。

「じゃ、君が僕にキスしてくれ」トレントはそう提案した。瞳がいたずらっぽくきらめいている。

「あなた、いつまで待てる？」

「僕はどこへも行かないよ。ここに住んでいるんだから」

なぜ、笑い出したくなったのかしら？　彼にひどく腹を立てているのに。アレシアはまじまじとトレントを見た――すぐ目の前にある、彼のハンサムな顔を。私がキスするまで、どこにも行かせないつもりかしら？　こんなの、ばかげているわ！　ちらっと彼の唇を見上げる。確かに、とびきり魅力的だ。

アレシアは気を引き締めて、頭を少し前に出した。それから、あわてて引っ込め、トレントの瞳の中を探った。黒っぽい冷静な瞳が、勇気づけるようにこちらを見つめ返している。アレシアは頭を再び前に出し、いったん止めた。そして、唇を彼の唇と触れ合わせた。

「帰っていいの?」アレシアは怒りも憤りも込めずに尋ねた。

「もちろんさ」トレントは請け合ったが、まだ彼女の体を放そうとしない。アレシアは再び彼の瞳の中をのぞいたが、奇妙なことに、彼の腕から逃れたいという衝動をもはや感じなかった。

「コーヒーをごちそうさま」夢うつつの状態で、アレシアはどうにかつぶやくことに成功した。

「近くに来たら、いつでも寄ってくれ」

アレシアは笑った。笑わずにはいられなかったのだ。トレントの視線がまたしても彼女の開いた唇に吸い寄せられ、彼女の笑い声が消えた。彼は目をアレシアの瞳に戻し、ひたと見つめた。アレシアは再びその場にくぎづけになった。

トレントが頭を下げてキスした時、アレシアは動かなかった。彼の唇は温かく、穏やかだった。トレントは彼女をより近くに抱き寄せた。彼がアレシアののどに唇を押し当てた時、二人の体は触れ合った。

いつ逆らうのをやめたのか、アレシアは見当もつかなかった。トレントに抱き締められ、再び唇を奪われながらわかったのは、体の内部に息苦しいほどの興奮がかき立てられているという事実だけだった。

どうしてそうなったのか、まったく思い出せないのだが、アレシアは気がつくとトレントと一緒にソファに座っていた。「かわいいアレシア」トレントがささやいた。そして彼がアレシアをそっと横たえようと試みた時、彼女は急にわずかな理性を取り戻した。

アレシアは逆らい、トレントの腕の中で身を硬くした。パニックを起こさないように、懸命に努めながら身を引く。「私……」言えたのはそれだけだった。かすれた声は、他人のもののように響いた。

アレシアのうろたえた瞳に、トレントはじっと見入った。「そんなに心配しないで」そっとつぶやき、優しい、けれども短いキスを彼女の唇にした。それから、体を起こして言った。「ねえ、君、夜を僕と一緒に過ごすつもりがないのなら、車のところまで送っていこうか?」

「私、車のキーをどこに置いたかしら?」アレシアはそう答え、おもしろがっているようなトレントの表情を見て、とまどいを覚えた。彼は私を強引にベッドに連れ込む気ではなかったのかしら?

アレシアを車まで見送る間も、トレントが再び説得を試みることはなかった。彼女が車を発進させた時、トレントは手を振った。そして、最後に彼の姿を見たのは、バックミラーの中だった。トレントは歩道にたたずみ、遠ざかるアレシアを見ていた。

角を曲がると、彼の姿は視界から消えた。二分ほど運転したあとで、アレシアは自分が顔にばかげた笑みを浮かべていることに気がついた。しかし、さらに二分後、その笑みは突然消えた。その時初めて、アレシアは悟ったのだった。義兄を告訴しないよう、トレントに頼むという特別の目的を持って屋敷を訪れたにもかかわらず、結局それらしきことは何ひとつ果たさなかった、と。

困ったわ！　アレシアはあわてて考えをめぐらせた。選択肢は限られている。しかし、ひとつだけは確かだ。私と一夜を共に過ごすことを心から楽しむだろうとトレントがほのめかした以上、引き返して彼の住む屋敷の玄関の呼び鈴を押すことだけは、絶対にできない。

4

日曜日、アレシアは目を開け、また急いで閉じた。今日の活動を始める気持になれない。けれども、昨夜の記憶に悩まされて、再び眠りに戻ることは不可能だった。

ゆうべ、トレント・デ・ハヴィランドは私にキスをした。私も彼にキスを返した。夜明けが朝の光に道を譲ろうとしている今でさえ、彼の優しいキスを思い出すと、ぐっとつばをのみ込まなくてはならない。

まあ、なんてことと！　アレシアは自分をさげすみ、努めてトレントからマキシーンへと思考の対象を切り替えた。ゆうべ帰宅して玄関ホールの明かりをつけた時、暗闇（くらやみ）の中で階段に腰を下ろしているマキシーンを見つけて、どんなに驚いたことか。

「キッチンに行かない？」

姉の低いささやきに、アレシアの心は沈んだ。

「ホット・チョコレートを作る？」キッチンに入るやいなや、アレシアは引き延ばし作戦に出た。

マキシーンはじれったそうに首を左右に振った。「彼はなんて言ったの？」

姉は苦しんでいる。アレシアはやりきれなさを覚えた。「私……」

告白を始めたものの、姉の緊張した表情を見て、先を続けることができなかった。トレントが私をひどくいらだたせ、混乱させたので、〝パーティ〟に行った理由を思い出すチャンスさえなかったなどと、どうして言えるだろう。そして、トレントが私にキスし始めた時、最初は立っていたのにいつのまにかソファに座り、抱擁し合っていたことは、だれにも、姉にさえ、絶対に明かせない秘密だ。

「彼に話すことができなかったのよ」アレシアはあわてて言った。

「まあ、アレシア！」マキシーンは落胆して叫んだ。「ほかの人がいたからなの？」

姉の絶望的な声を聞いて、アレシアは真実を語る勇気を失った。姉が偶然与えてくれた口実に飛びつく。「ええ、タイミングが悪かったの――大勢のお客さまがいて」マキシーンが今にも泣き崩れそうに見えたので、彼女は嘘を重ねた。「月曜に私、またトレントと会うの。その時、彼に頼むわ」

「まあ、ほんとう？　あなたのしてくれたこと、決して忘れないわ！」マキシーンは大声で言った。

姉をこれ以上動揺させたくないと思うあまり、私はつい、ありもしないことを言ってしまった。アレシアは信じられない思いで二階に引き上げたのだった。

今でもその思いに変わりはない。しかし、この日曜日を始める心の準備ができていようといまいと、こんなにいらいらした気持で横になっていてもしかたがない。アレシアは悟った。

シャワーを浴びて着替え、一階のキッチンへ下りた。今日中にマキシーンに告白しなくては。姉に偽りの希望を抱かせるのは、もうやめなければ。

アレシアは紅茶を用意して、いつもどおり二階の母親の部屋まで運んでいった。

「ゆうべは何時に帰宅したの？」のっけから、エリナーは詰問した。アレシアがトレーの上の紅茶をベッドサイドのテーブルに移すのも待たずに。

「遅くはなかったわ」アレシアは冷静に答えた。

「あなたが帰宅なさっただけで、私たちは感謝しなくてはならないんでしょうね」エリナーは辛辣（しんらつ）な皮肉を浴びせた。「男たちがどんなものか、あれほど言い聞かせているのに、よくも平然と……」

非難は延々と続くように思われた。もうたくさん。突然アレシアは感じた。ここしばらくの間に、不満が鬱積（うっせき）していたのだろう。トレントと知り合ったことや彼が家を出るように勧めたこととは、なんの関係もない。だが、あなたはこの家をまるでホテルのように扱っていると母親がまったく不当な言いがかりをつけた時、アレシアの中で何かが切れたのだ。

「実はね、お母さん、私がこの家をホテルのように扱っていることについて、もう心配する必要はないのよ。私は明日から探すつもりなの――ひとりで住む場所を」

今度ばかりはエリナーも茫然として、声を失っている。思いがけないほど楽々と事が運んだことに驚きながら、アレシアは階下に戻った。家を出ることについては、母にショックを与えないよう、根回しが必要だと考えていたのだが、事実をありのままに話すだけで足りた。〝私は明日から探すつもりなの――ひとりで住む場所を〟やれやれ、これで片づいたわ！

すべてがその言葉どおりにたやすかったなら……。しかし、切り抜けなくてはならない日曜日が、まだ丸々残されていた。幸せな一日になる見込みの、ごく薄い日曜日が。

マキシーンとその娘たちが朝食用の部屋に姿を現すと同時に、エリナーもやってきた。これで、姉に嘘をついたことを告白するチャンスは失われたも同然だ。そのうえ、今日が〝アレシア攻撃の日〟になるよう運命づけられていることを、強く思い知らされることになった。

「あなた、知っていて？　あなたの妹はここを出ていくのよ」エリナーは上の娘に向かって言った。

「あなた、家を出るの？」マキシーンは驚いて、アレシアを振り返った。

「自分だけのフラットに住んでみたいと思って」アレシアはそう答え、その日の残りのほとんどを自分の決定を弁護することに費やすはめになった。唯一明るいできごとと言えば、緊張した雰囲気に気づかないサディが、〝アレシアおばちゃんが出ていったら、あの部屋は私が使っていい？〟と声を張り上げて要求したことだろうか。

昼間は天使のようだったポリーが、その償いとばかり夕方の六時ごろから大声で泣き始め、だれにもまねのできない持続力を見せつけた時、その日のみじめさは最高潮に達した。マキシーンは夕食の後片づけの時間をポリーに奪われ、アレシアが就寝前に姉と二人だけで話し合う最後のチャンスもなくなった。ポリーがやっと眠りに落ちた時、疲れ果てたマキシーンは自分自身もベッドに入ると決めたのだ。

アレシアはまたもや眠れない一夜を過ごした。家を出ると母親に宣言したあとで感じたはずの高揚感は、姉を偽ったままだという罪悪感によって帳消しにされた。

翌朝、マキシーンの訴えるような表情を胸に刻み込んで、アレシアはオフィスに向け車を走らせた。今日という日が終わらないうちに、トレント・デ・ハヴィランドと連絡を取らなくてはならない。

重い足どりでオフィスに入り、郵便物の整理にとりかかった。「アレシア、大丈夫なの？」しばらくしてキャロル・ロビンソンが心配そうに尋ねた。「何か悩みごとがあるように見えるけれど」

「大丈夫です」アレシアはことさら明るく答えた。しかし、心の重荷から解放されるためには一刻も早く行動を起こさなくてはならないとわかっていた。

キャロルがミスター・チャップマンの部屋に呼ばれるまでアレシアは待った。キャロルは三十分は出てこないはずだ。その間、オフィスにいるのはアレシアひとりだ。必要な電話番号をミスター・チャップマンの個人関係の住所録から見つけ出すと、アレシアはすぐに電話をかけた。

「おはようございます、S・E・C社です」きびきびした声が答えた。

「ミスター・デ・ハヴィランドの個人秘書をお願いします」アレシアは用件を告げた。

「少々お待ちください」

待つまでもなく、別の声が答えた。アレシアはひと息ついて気持を落ち着かせたあとできいた。「ミスター・デ・ハヴィランドの秘書の方ですか?」

「ミセス・タスティンはただ今、手がふさがっていますの。ご伝言をお受けいたしましょうか?」

今までのところ、事は比較的簡単に運んだ。このまま前進するのみだ!「まあ、どうしましょう、私、急いでミセス・タスティンかミスター・デ・ハヴィランドとお話ししなくてはなりませんの。私はミスター・ヘクター・チャップマンのオフィスの、アレシア・ペンバートンと申します――ゲール・ドリリング・インターナショナル社の」圧力をかけるために社名を持ち出す。「つないでいただくこと、できません?」

「お急ぎだとおっしゃいました?」

ためらっている場合ではない。「ええ、とても」アレシアはきっぱりと言った。

「そのままお待ちください」

トレントの個人秘書につないでもらえるらしいと安堵(あんど)を覚えている暇はなかった。アレシアの心構えが整わないうちに、どこで聞いてもそれとわかるに違いない声が電話線を伝って響いてきたからだ。「アレシア?」

「トレント」アレシアは答えた。そして、それから何を話したらいいのか、まったくわからなかった。

トレントはこちらが用件を切り出すのを待っている。沈黙が長引いたが、アレシアののどはからからだった。「何か緊急の用事があるんだろう?」トレントがついに促した。彼は、明らかに多忙な男性なのだ。

アレシアは大きく息を吸うと、一気に問題に突っ込んだ。「急いで、あなたにお会いしたいんです。二、三分、お時間を割いていただけないでしょうか?」大急ぎで言い、そのあとに続くわずかな沈黙の間、極度の困惑に耐えた。

「仕事がらみかい?」トレントは急所を突いてきた。では、彼は私の意図を見破ったのだ。トレント・デ・ハヴィランドほどの地位にある者が、個人秘書のアシスタントを相手に仕事の話をすることなどありえない。

「いくらかは……」アレシアは口ごもった。「でも、ミスター・チャップマンの仕事ではありません。これは、いわば個人的な仕事なんです」勇気がなえないうちにと一気に続ける。「今日中にお会いできます？」

「実際、急を要するらしいな」トレントは言った。それから、デスク・ダイアリーを調べているのかちょっと間を置いて、再び口を開いた。「君の会社の近くに公園があるよね。僕は、会合に向かう途中、十二時過ぎにあそこを通る。二、三分ですむというのは、確かだね？」

「ええ、確かですわ」アレシアは答えた。そして、胸にさまざまな感情が込み上げるのを覚えながら受話器を置いた。

トレントに頼まなくてはならない用件を思うと、パニックを起こしそうだ。神経過敏になり、気分が悪い。けれども同時に、〝もし話し合いに二、三分以上を要するのなら、この件は忘れたまえ〟という彼のほのめかしを思い出し、反抗心が頭をもたげる。

土曜の夜は違った。私を彼のベッドに連れていくのはいやではない、とそぶりで示した時は。おやめなさい！　アレシアは急いで自分に命じた。これは仕事なのよ。そう、いくらかは。たぶん重要なビジネスランチに向かう途中、トレントが公園で二、三分会うと同意してくれたことに、私は感謝すべきなのだ。恩着せがましい態度だと腹を立てるどころか、彼の足元にひれ伏さなくてはなるまい。

プライドとパニック。それが私の苦しみの原因だ、とアレシアは分析した。プライドが私の使命を執拗に拒む。そして、私の依頼を聞いたら、トレントはその厚かましさを手厳しく批判するだろう――そう思うとパニックに駆られる。しかし、さいは投げられたのだ。マキシーンのために、耐えるしかない。

アレシアが時間の流れを速く感じたり遅く感じたりしている間、仕事はいつもどおりスピーディにはかどった。十一時ごろ、営業部のラルフ・キングが二十代後半の金髪の青年を連れてきて、会社の新しい幹部だと紹介した時、小休止が訪れた。

アレシアもキャロルもニック・サンダースと握手を交わしたが、サンダースが〝僕はここでとても楽しく働くことができそうです〟と言った時に見ていたのは、アレシアのほうだった。

「屈辱を味わう男性がまた現れたわね」二人の男が立ち去ると、キャロルはからかった。「だって、あなたは彼の誘いを断るでしょう?」アレシアが職場の男性からたびたび誘いを受けているのに、決して承諾しないことは、みんな知っている。

「彼、誘わないわよ」アレシアはさらりとかわした。

「十ポンド賭けるわ!」キャロルはふざけて言った。二人は声をあげて笑い、また仕事に戻った。

一分後には、アレシアはニック・サンダースのことをすっかり忘れていた。ただし、目の前の仕事に全神経を集中していたとは言いがたい。トレントが早めに来た場合に備え、十一時半ごろから用意を始めるつもりだった。

十一時五十分、アレシアは公園の入口に立った。不安がしだいにふくらんでくる。十二時になり、トレントが姿を現さないままさらに一分、二分と過ぎた時、不安は耐えがたいまでにつのった。

十二時を五分ほど回った時、一台のリムジンが近づいてきてとまった。トレントが降りてくる。その瞬間、アレシアの鼓動は急に激しくなった。トレントは体にぴたりと合った黒のスーツにシルクのタイを締め、いかにも成功したビジネスマンといった威厳を漂わせている。彼が運転手に待つよう指示を与えている間、アレシアは懸命に不安と闘った。

トレントはすぐにアレシアを見つけて歩み寄った。あいさつもそこそこに片手を彼女のひじに添えると、近くのベンチに導く。一緒に腰を下ろすまで待ち、それから体を回してアレシアを見た。さあ、君の話を聞こう、というように。

「会うことに同意してくださって、ありがとう」アレシアはおずおずと切り出した。すべてを見透かす瞳に値踏みされているようで、練習を重ねたせりふは忘れてしまっている。

「僕に何ができるのかな?」

ああ、神さま、とても耐えられません。予想したとおりの言いにくさだ。「実は……」

突然のどが渇いて、せき払いをする。「実は……」

「実は?」トレントは促した。すでに数分経過しているとあって、約束の時間に遅れることを恐れているのだろう。「君は僕に助けてほしい個人的な問題を抱えている。しかし、話の糸口がつかめない」彼は、目下の状況を的確に表現した。それがなぜ自分をいらだたせるのかわからなかったが、ともかくアレシアはいらいらとした。「最初から始めたらどう?」彼はもっともな提案をした。

そんな時間があるの? じゃあ、急いで言わなくては。思い切って打ち明けないと、トレントはしびれをきらして行ってしまうだろう。今夜、なんの成果も上げずに帰宅したら、どうしてマキシーンと顔を合わせられるだろう。その思いが、アレシアを駆り立てた。

「ええ。そもそも、これは私というよりも、私の姉の……そのう……苦境にかかわっていますの」

「ほう、興味深いね」

アレシアは自分をはげまして先を続けた。「つまり、姉の夫は……」

「お姉さんは今も彼と別居中かい?」

「和解の見込みはほとんどありません」

「それで?」

アレシアはせき払いをすると、一気に告白した。「キースは――マキシーンの夫は、あなたに雇われているんです。いいえ、雇われていましたの」

「雇われていた?」

「彼は……あの、たぶん、お金を扱う部署で働いていたのでしょう。そして……」ああ、助けて。「いくらか、お借りしたようなんです」

トレント・デ・ハヴィランドは、アレシアも知っているとおり、簡単にだまされる男ではなかった。「返済する意図なしに、ということだね」彼は断固とした口調で質問するというよりもむしろ断定した。

「義兄(あに)は自宅を売って、お金を返済するつもりです」アレシアは急いで言った。「家が売れるまで、マキシーンも無一文ですの。でも、姉にとっていちばん耐えがたいのは、キースが刑務所送りになると、娘たちが犯罪者の子供の烙印(らくいん)を押されるはめに陥ることなんです」

「うちの会社は告訴したのかい?」トレントは尋ねた。アレシアが予期したとおり、この種の問題は部下に一任されているのだ。

「ええ。初めは停職処分でしたけど、でも……」

「じゃあ、お義兄(にい)さんに対する訴訟には、議論の余地がないと思うよ」アレシアをさえぎって、トレントは言った。アレシアもそう思う。だから、うなずいた。トレントは長い間、厳しい表情で彼女を見つめていたが、やがて冷ややかに尋ねた。「先週の火曜日に僕と外出した時、君はすでにこのいきさつを知っていたの?」

「いいえ！」アレシアは即座に否定した。「キースがS・E・Cという会社で働いていたこと、彼が停職処分を受けたこと、それは知っていました。でも、あなたがそこの会長だなんて、全然。もし知っていたら、あなたと外出はしませんでした」

トレントはうなるような声を出したが、彼がアレシアの返事をどう受け止めたかは、まったくわからなかった。そして彼は、同じ厳しい口調で追及した。「しかし、土曜日の夜君が僕の家にやってきた時には、君は知っていたね？」

「ええ」アレシアは認めなくてはならなかった。「でも、あなたが招待してくださったから……」

トレントはすぐに反論した。「それは君がやってきた理由ではない。君が僕に会いに来た唯一の理由は、君のお義兄さんの件だ」

「ええ」アレシアはみじめに同意し、ついでに胸の内を告白した。「二度とあなたに会うまいと私は決心していたんです。ええ、あなたがそれをちっとも気にかけないことは、わかっています。だって、ボーイフレンドも連れてくるように、とあなたはおっしゃったもの。とにかく……」話がわき道へそれたことを自覚して、彼女は本題へ戻った。「とにかく、マキシーンはあなたが私を招待なさったことを知っていました。そして、土曜の午後にキースが訪れてきて、S・E・C社が彼の告訴を決めたと告げると、姉はあなたに会ってほしいと懇願したんです」

「僕の招待を受けるように？」

「人目を避けて、あなたとちょっとお話しできるのではないかと私たちは考えたんです。でも……」

「でも、僕のほかのゲストは霧のためにパリで足止めをくった。そして、君はお義兄さんの告訴の猶予を願う機会がたっぷりあったにもかかわらず、そうしなかった」

「あなたがキスしたからだわ！」顔を真っ赤にして、アレシアは立ち上がった。「あなたは私を混乱させるのよ！」興奮して叫び、トレントに背を向ける。トレントも腰を上げた。

これでは何も解決しないと気づいて、アレシアはしぶしぶ彼のほうに向き直った。「考えてくださいます？」

「何をだい？」

ちゃんとわかっているくせに。いまいましい人！　しかし、憤りを抑えて、アレシアは言い直した。「キース・ローレンスを告訴しないよう、考えてみてくださいます？」

トレントの返事は、アレシアの悲しみに沈んだ瞳をまじまじと見つめることだった。数秒が過ぎた。「調べてみよう」彼はそれだけを約束した。「いずれ連絡するよ」それから、驚いたことに、かがんでアレシアのほおに軽いキスをすると、そのまま大またで歩み去った。

アレシアは左手で左のほおを押さえてトレントの後ろ姿を茫然と見つめた。反応する、抵抗する、立ち去る、あるいは別の何かをする——そんな時間はなかった。でも、いったいなぜ、彼は私のほおにキスしたのかしら？　好意的にさよならを告げるかのように。彼女は近くの喫茶店に行き、コーヒーを飲んだ。

その日の午後中、アレシアはびくびくしていた。デスクの上の電話が鳴るたび、彼女の口はからからになったが、どれもトレントからではなかった。五時過ぎまで待ったが、結局、彼は電話をかけてこなかった。

「それで、あなた、住むところは見つけたの？」アレシアが帰宅するやいなや、エリナーが意地の悪い口調できいた。

「見つけた？」アレシアは姉にいいニュースを伝えられないことに気を取られていて、一瞬その質問が理解できなかった。

「おばちゃん、家を出るって言ったじゃない」姪のサディが甲高い声で教えてくれた。

そうだったわ。でも、忘れていたのよ。無理もないでしょう。「まだよ」アレシアは愛想よく答えた。「二階に上がって、着替えてきます」

留守の間にサディが入り込んだらしく、ベッドの上にいくつか人形が並べられている。私が家を出るまで、あのおちびさんは待ち切れなかったのだ。

アレシアがジーンズとシャツに着替えて一階に下りようとした時、ポリーを抱えたマキシーンがやってきた。

「お昼休みに会ったの？」姉はすぐに切り出した。

「詳しいことがわかりしだい、連絡してくれるはずなの」今アレシアに言えるのは、それだけだった。

「でも、あなた、彼に頼んでくれたんでしょう？」

「ええ、頼んだわ」もう少し姉の励みになるようなことを言いたいけれど、アレシアはその勇気が持てなかった。期待を抱かせたあとで、深い失望を味わわせたくはない。

「彼はどんな反応を……？」マキシーンが言いかけたところへ、ジョージアとサディがけんかしてますよと階下から母の叫ぶ声が聞こえた。「あなた、ほんとうにキャリアの道を選びたいのよね？」マキシーンがいたずらっぽく尋ねて、二人はどうにか笑顔を浮かべることができた。

その日は、明らかにてんてこまいの一日だったらしく、夕食はごくささやかなものだった。そのあと、姉が二階で年上の娘たちに童話の本を読んでやっている間、アレシアは階下でパジャマ姿のポリーを抱いて、子守歌を歌いながら歩き回っていた。その時、だれかが玄関の呼び鈴を鳴らした。

アレシアはちらりと母を見たが、ポリーを引き受けてくれそうな気配はうかがえない。そこで、彼女は幼児を抱いたまま玄関に出た。

ボーイスカウトの子供たちが不用品を集めに来たのだろう。アレシアは子供を見下ろすつもりでドアを開け、実際は見上げなくてはならないことに気づいた。

「トレント！」アレシアは叫び、困惑を覚えた。彼が訪ねてこようとは、思いもしなかった。困ったわ！　私の白いシャツは、ポリーのチョコレート・プディングでべったり汚れている。

「こんばんは、天使ちゃん」トレントはポリーに向かってあいさつをした。ポリーはさもうれしそうに彼にほほ笑みかけている。

「あなたのおかげでこの子のご機嫌が直ったわ。今まで最悪だったの」

「僕が女性に及ぼす効果さ」トレントは気さくな調子で答える。「一緒にドライブをどう？」

そら、来た！　アレシアは不安に駆られた。なぜドライブに？　悪いニュースかしら？もしいいニュースなら、トレントは即座に言うはずだ。「え、ええ。あの……私、シャツを着替えたいの。お入りになりません？」

「車の中で待っているよ」

「母が怖いのね！」アレシアは思わず口を滑らせ、どうして彼の前に出るといつも混乱してしまうのだろうといぶかった。なんてやぼなことを言ってしまったのかしら。

しかし、トレントは彼女の言葉をやぼとは受け止めなかったようだ。彼の唇の両端が楽しそうに持ち上がっている。「ああ、びくびくものさ」彼はそう言って車のほうへ引き返した。

ポリーをマキシーンに渡すと、アレシアは手早く新しいシャツに着替えた。角を曲がったところで車をとめて、話をするだけだろう。彼女は落ち着こうと努めながら手を洗い、髪をとかした。

下りていくと、ほっとしたことに、アレシアがトレント・デ・ハヴィランドとドライブに出かけることは、マキシーンがすでに母親に告げていた。

「ちょっと頻繁すぎるんじゃない?」アレシアを見るなり、エリナーは冷ややかに言った。

たった二回よ! トレントが家にやってきたのは、たった二回だ。その瞬間、アレシアは悟った。自立の決意は正しかった、と。母が手綱を緩めることは、未来永劫ありえない。たぶん、そういうふうに生まれついたのだ。私は絶対にお母さんのような人にはなりたくない。

「長くはかからないと思うわ」アレシアは答えて、そそくさと逃げ出した。

トレントは車から出て、アレシアのために助手席のドアを開けた。「早かったね」

早すぎたかしら。一刻も早く返事を聞きたいと願っていることを見透かされただろうか? アレシアはいぶかりながら、助手席に落ち着いた。

アレシアの予想を裏切って、車は角を曲がったところでとまらず、広々とした田園地帯に入っていった。トレントはほとんど口を開かない。彼が出したはずの決定を知りたいだけだったので、アレシアも黙りこくっていた。知りたくてたまらなかったが、自分から尋ねるのは怖かった。

トレントが車を道路わきに寄せてとめた時、絵のように美しい田園地帯は夕闇の中に沈もうとしていた。いよいよだわ！　これこそ、私が待ち望んでいた瞬間だ。マキシーンと姪たちにとって、どうかいいニュースでありますように。アレシアは祈り、そうであることを信じた。ノーと言うだけなら、彼は私をここまで連れ出さなかっただろう。

「君は一日中オフィスで働いたんだ、田舎が気持いいかもしれないと思ってね」トレントはエンジンを切り、アレシアのほうに体を向けた。

アレシアが聞きたいのは、そんな話ではなかった。「ここは……とっても気持がいいわ」

「土曜の夜、君は言ってたよね、月曜から家探しを始めるつもりだって」

それが例の件となんのかかわりがあるのだろう？　「私、今日は少し忙しかったから……」

「ああ、そうだったね」たった今思い出したかのような口ぶりだ。「お姉さんの子供を抱いた君って、とてもすてきに見えたよ」

「あなた、わざと意地悪をしているの？」アレシアはいらだちのあまり大声をあげ、次の瞬間、絶望のうめきをもらした。トレントにとほうもない頼みごとをしているのだ、怒りをぶつけることなど許されない。「ごめんなさい。私は、あなたとお昼休みに会う手はずを整えるのに忙しかったと言いたかったの——マキシーンの子供の世話ではなくて」

トレントは落ち着かなげなアレシアの瞳を見つめ、静かに尋ねた。「地獄の苦しみかい？」

何がなの？　時にはとても愛らしいけれど、ある時は泣き叫び、大声で争い、平和と静寂を好む私を地獄に突き落とす、三人娘の襲来が？　それに加えて、口やかましい母親やしばしば涙にくれる姉と同居していることが？　それとも、あなたが決断を告げるのを、待っていることが？

アレシアはもはや自分を抑えられなかった。「どうお決めになったの？」厳粛な表情で尋ねた。

「キース・ローレンスが会社の金を無断で使ったことに関してかい？」

「義兄は弁償するつもりです。家が売れたらの話ですけど」

「弁償すればすむと君は思うのかい？　彼は責任のある仕事を任されていたんだよ」

義兄を弁護する立場になって、アレシアはみじめな気持だった。どうしてキースを弁護できるだろう。「それについて、私、議論は望まないわ、トレント」目を伏せ、悲しい口調で言った。「あなたの決定を知りたいだけ」

「そんなに悲しそうな顔をしないで」トレントはアレシアをさえぎり、彼女のあごにそっと手を添えて瞳の中をのぞけるように顔をあおむかせた。「僕は決めたよ。ある条件を前提として、告訴を中止するように指示を出す」

「まあ、トレント！」彼が言い終わると同時に、アレシアは叫んだ。「ありがとう。キースはあなたのどんな条件にも喜んで同意するでしょうね。私、わかっている……」トレントの瞳にある何かが、アレシアに途中で言葉をのみ込ませた。トレントは彼女のあごから手を引いた。アレシアの警戒心が頭をもたげた。

　数秒後、トレントがにこりともせずに宣告した時、アレシアは自分の警戒心の正しさを思い知った。「キース・ローレンスではなく、君だよ、アレシア」

「私？」彼女はおうむ返しに言った。あわててトレントの言葉を思い返す。「あ、あの、ある条件というのは、私に課せられるの？　義兄ではなく？」

「僕の介入を求めたのは、君だからね」トレントは平然と指摘した。それは事実だけれど、でも私自身のためではない！「僕たちの間ですべてが同意された時点で、ローレンスについての指示を出すよ」

「私たちの間で？」トレントが自分を見つめて言葉を待っていることに気がつき、アレシアは問い返した。「私に何かしてほしいの？」何も知らずにほほ笑みつつ、彼女は請け合った。「もちろん、なんでもします」今のアレシアに考えられることは、娘たちが前科者の父親を持つ苦境から脱することができると知った時の、マキシーンの大きな安堵だけだ。

「アレシア、君はあんまりだよ！」トレントはアレシアにはよくわからない言葉を発した。

「私、何をしたかしら？」

「僕の要求がなんなのかまったく知らずに、君はたった今、なんでもすると言ってしまったんだよ」

「そうね。でも、そんなにひどいことではないでしょう？」アレシアは快活に答え、続けて尋ねた。「私にしてほしいことって、何？」そして、それをトレントが言った時、ほとんど気を失いかけた。

トレントは長い間、アレシアの顔を探るように見ていたが、やがて言ったのだった。

「僕と一緒に暮らしてほしい」

アレシアは茫然とトレントを見つめた。彼の言葉は頭に刻み込まれているけれど、信じることができない。「あなたは……」せき払いをした。「まさか、本気じゃないわよね？」

「これほど本気なのは、初めてだよ」

「いやよ！」アレシアは即座に拒んだ。

「考えてみてくれ」

「考える必要はないわ」アレシアは冷ややかに言い放った。

トレントは肩をすくめると、ハンドルのほうに向き直った。「わかったよ」車をスタートさせる気だ。

「待って！」義兄が刑務所送りになることは、たいした問題ではない。しかし、そのために姉と姪たちが苦しむことになれば、大問題だ。ああ、悪夢だわ。いいえ、悪夢のほうがまだましよ！「なぜなの？」アレシアはかすれ声で尋ね、トレントのおもしろがるような表情に出合った。

「自覚していないのかい？　君はとても魅力的な女性だよ」

まあ、大変！　アレシアはごくりとつばをのんだ。「一緒に暮らすって、つまり……ベッドも、何もかも、共にするという意味？」

トレントはまばたきもせずアレシアを見つめている。「すべてをさ」

「でも……でも……」これは夢よ。夢だと言って！「でも、私はあなたとベッドを共にしたくはないわ！」

「じゃあ、共にしなくていい」ほっとして、アレシアはパニックに陥って叫んだ。

の言葉を言い足すまでのことだった。「すぐにはね」

困ったわ！　まるで酔っ払っているように、頭が働かない。「あなたは……そのう……待つと言っているの？」

「待つよ」トレントは静かに答えた。「こう考えたらどう？　君は実家以外の住まいを探している。どうして僕のところじゃいけないんだい？」

彼の屋敷はすばらしい。それ以上を望めないほどだ。唯一の問題は、中に彼がいることだけ。「私、住まいの共用は、考えていませんでした」

「僕はほとんど家にいないよ」トレントは淡々と言った。「君が僕と顔を合わせることは、めったにないんじゃないかな」

少しましな考えに思われ始めた。トレントはいつも留守らしい。それに、待つと言っている。私がせかされることはない。私は彼が好き、もちろん好き。ああ……だけど。「あの、私は男の人とベッドに入ったことは一度もないの！」アレシアはだしぬけに言った。

どうやらトレントはそれを察していたらしく、表情を和ませて優しくつぶやいた。「おや、そうだったのかい、かわいい人」あまりにも優しい声だったので、彼がこの申し出を忘れてくれと言い出すのではないかとアレシアは期待した。が、期待はみごとに外れた。緊張をほぐす必要を感じたのか、トレントはほほ笑み、そして約束した。「そうなると、君はちょっとした楽しみに出合うことになりそうだ」

アレシアの唇がぴくぴく震えた。止めようがなかった。しかし、トレントの厚かましい言葉にほほ笑むつもりはない。むしろ、彼をぶってやりたい。

「どうやら、住まいの共用を考えなくてはならないようね」アレシアは辛辣な口調で切り出した。「私は自分の部屋を持てるのかしら？」

「君が僕の部屋に移ることを望むまではね」トレントは平静に答えた。

「でも、あなたは待ってくれるんでしょう？　待つって言ったわよね？」再びパニックに襲われ、アレシアは急いで念を押した。

「ああ、約束するよ」トレントは重々しく答えた。

奇妙なことに、アレシアは彼を信頼できると感じた。彼女が抜け道を探す最後の試みをしている間、長い、完全な沈黙が続いた。ついに、すべての道が行き止まりであることがわかった。アレシアは大きなため息をつき、沈黙を破った。「少し考えさせていただけます？」

トレントはイグニションに手をやると、車をスタートさせる前に、アレシアに向かってとどめの一撃を浴びせた。「長く待たせないほうがいいと思うよ。君のお義兄さんの血をすすろうと、弁護士たちがやっきになっているから！」

5

夜通し、アレシアの眠りは浅かった。ようやく眠りに落ちたと思うと、たちまち目覚める。例の問題が相変わらず重く心にのしかかっていた。

昨夜トレントに送られて帰宅した時、母親も姉もまだ起きていた。エリナーはとりわけ不機嫌に見えたが、マキシーンの目は好奇心をあらわにしていた。

「温かい飲み物が欲しい人は？」ひとりきりになりたいという強い衝動に駆られながらも、アレシアは言った。

マキシーンがキッチンへついてきた。「どうなった？　彼はなんて言ったの？」切迫した口調で切り出したとたん、エリナーまでが現れた。

「二人で何をこそこそ話しているの？」彼女は非難がましく尋ねた。

「あら、別に隠しごとじゃないわ」マキシーンはすばやく答えた。「私、お砂糖を断っているの。だから私のホット・チョコレートには入れないように、アレシアに頼んでいたところよ」

「くだらない流行だこと！」エリナーは鼻を鳴らしたが、何か秘密があるらしいと疑ったようだ。そのままキッチンに居残って、内密の話をする機会を姉妹に与えなかった。

　夜明けが訪れ、アレシアは再び目を覚ました。昨夜マキシーンと二人だけで話すチャンスがなかったことに、今あらためて感謝したい気持だ。トレントが私に要求した代償を、どうしてマキシーンに話せるだろう。姉に明かせば、姉はトレントの条件を受け入れるよう、私に強いるかもしれない。姉自身のためではないとしても、三人の幼い娘たちのために。

　ああ、神さま！　アレシアは懸命に解決法を模索した。問題とその解答を論理的に考えようと試みる。問題――トレントは私が彼と同居することを望んでいる。論理――私は、彼が指摘するとおり、自宅以外の住む場所を探している。

　突然、アレシアは論理的思考を放棄した。それが導き出す結論が気に入らなかった。いずれにせよ、問題はそこにとどまらないのだ。トレントは私が単に彼の屋敷に入るだけでなく、彼のベッドに入ることを欲しているのだから！　胸を引き裂かれるような思いとともに、アレシアは自分のベッドから起き出した。

　キッチンに下りて、二つのカップに紅茶を注いでいると、マキシーンがやってきた。どうしよう、マキシーンに何も言ってあげられないわ！

「私、ゆうべほど恐ろしい夜を過ごしたことは、初めてよ」マキシーンは妹に言った。

「今朝四時にあなたの部屋を訪ねようとしたくらいよ。でも、ポリーを起こすのが怖くて……。ねえ、早く聞かせて。私と娘たちのための、いいニュースがあるんでしょう?」彼女は懇願した。

「マキシーン、私……」姉の目の下の黒いくまに目を留めて、アレシアは途中で言葉をのみ込んだ。それは姉が眠れぬ夜を過ごしたことを物語っている。恐ろしいことに、続いて彼女は自分の声がこうつけ足すのを聞いた。「彼は告訴を中止したわ」

「アレシア!」安堵のあまり、マキシーンは悲鳴のように叫んだ。

その姉をアレシアは茫然と見つめた。トレントがキース・ローレンスを告訴することはない。私はほんとうに、マキシーンにそう言ったのだろうか? マキシーンが感謝の抱擁を浴びせてきた。では、私はほんとうにそう言ってしまったのだ。

出勤途中で交通渋滞に巻き込まれた時、アレシアは初めて事の重大さを悟った。マキシーンはまるで死の淵からよみがえったかのように生き生きとしていた。今さら今朝の言葉をなかったことにはできない。ということは、私はこのまま進むほかないのだ。

車の流れが再び動き始めて、アレシアは無意識にハンドルを切りながら、激しい後悔の念に駆られていた。部屋を探しているなんて、トレントに言うべきではなかった! ああ、どうして言ってしまったの? 言ってはいけなかったのに。

卑劣な男! 卑劣な思いつき! 承知するものですか、絶対に! だけど、マキシーンかよ。

と娘たちはどうなるの？　そうね、私は彼のベッドに入ることだけはしないわ。それは確かよ。

不意に、アレシアの気持は少し明るくなった。どんなことがあっても、トレントとベッドを共にはしない。それは待つ、と彼は誓った。そして、そんなことは決して起きない以上、彼は待ちくたびれて私を解放してくれるだろう。

でも、彼は誓いを守ってくれるかしら？　疑念がわき、アレシアは少し動揺した。君はとても魅力的な女性だ――彼はあからさまにそう言ったのだ。

その動揺はなんとか抑えたが、アレシアはいつしか先週の土曜の夜を思い出していた。トレントは私にキスした、そして……。そこまでよ！　まるで私が彼に欲望を感じたみたいじゃないの。そんな事実は決してなかったのに。

ええ、確かに彼のキスを楽しんだわ。でも、結局深みにはまる事態には至らなかった。あの夜トレントが私に欲望を覚えたにせよ、覚えなかったにせよ、彼は私の望まないことを無理強いするような男性ではない。

となれば、やはりトレントの屋敷に移ろう。彼が頻繁に留守にするというのも好都合だし、待ちくたびれて私に出ていくように求めるまで我慢するのだ。同時に、私だけのフラットを見つけておかなくては。トレントの忍耐がいつまでもつか疑問だし、母とマキシーンに新しい住所を教えなくてはならない。

オフィスに着くころには、アレシアの心は決まっていた。〝どうして僕のところじゃいけないんだい?〟そう申し出たトレントが、結局は正しかったのかもしれない。いけないことは何もない。ただ、彼が知らないことがひとつある。私は彼の屋敷に移るけれども、月光に誘われて、自分の寝室から彼のもとへとそぞろ歩きすることは絶対にありえない。アレシアは思わず微笑した。彼にはそれで充分よ。

「おはよう、アレシア。あなた、なんだか楽しそうね」アレシアを迎えて、キャロルが言った。

「おはよう、キャロル」アレシアは答え、ごまかしはまったく不得手とあってすぐに告白した。「私ね、家を出るという、重大な決意を固めたの」

「ひとり暮らしって、慣れたら最高よ」キャロルは言った。「住むところ、もう見つかったの?」

見つかったとアレシアがだれかに明かすことは決してない。どうかトレントも慎重であってほしい。このことがミスター・チャップマンや同僚に知れたら、とても生きてはいられない。「いいえ、まだ。今日から探すつもりなの」

「会社の厚生課で調べたら?」キャロルは提案した。「掘り出しものの物件があるかもしれないわよ」

「あら、私、どうしてそれを思いつかなかったのかしら?」アレシアは笑いながら言った。

「厚生課はできたばかりですものね」キャロルは答え、二人はその日の仕事にとりかかった。

キャロルがミスター・チャップマンの部屋に呼ばれると、アレシアは電話機に手を伸ばし、そして、ためらった。決断を下した以上、すぐにトレントに知らせたほうがいい。その時点で、彼はローレンスに対する告訴を取り下げる指令を出すはずだから。けれども、私が一日でも早く彼の屋敷に移りたがっているなどと誤解されては心外だ。

ああ……でも、この件には早くけりをつけてしまいたい。それに、ぐずぐずしていると、トレントは外出して一日中戻らないかもしれない。アレシアはもはや躊躇(ちゅうちょ)しなかった。彼女は番号を押した。

「やあ、アレシアか……元気かい？」

アレシアは口を開いた。声は出てこなかった。もう一度試みる。「いつがいい？」そう尋ねて待った。沈黙が長引いて、気持が焦る。トレントは気が変わったのだろうか？　困ったわ。

「今日では？」沈黙がついに破られて、トレントがそう言った時、アレシアは自分の気持がまったくつかめなかった。トレントは私が今日彼の屋敷に移ることを望んでいる！

「だめ！」アレシアは即座に、鋭く言った。まあ、あきれた、落ち着きなさい。トレントに〝この件は忘れろ〟と言われてしまうわ。「明日」彼女は急いで言った。「明日ではいかが？」

「君さえよければ」トレントは屈託なく、平静に応じた。「僕が引っ越しの手伝いに行こうか？」

気でもおかしくなったの？「とんでもない、けっこうです」アレシアはあわてて断り、二度目の沈黙が流れるに及んで、再び緊張を覚えた。

「僕の家に移ることを、君は家族に話していないね？」ややあって、トレントが尋ねた。彼との同居は、だれにも絶対にもらせない秘密だ――とりわけ家族には。「君のお母さんに、僕から話してあげようか？」

まったく、なんてことを！私に心臓麻痺を起こさせる気なのかしら？母を怖がっていると彼を非難したことがあるけれど、とんでもない見当違いだった。彼は怖いもの知らずだわ。

「その必要はないわ」アレシアは急いで断った。「家を出ることは、週末に母に話してあるの。どこに引っ越すかは、さして重要ではないと思うわ。私、今夜中に荷物をまとめて、もしあなたのご都合がよければ、明日、退社後に、あなたのところに移りたいんですけど」

「君の部屋をその時までに用意しておくよ」トレントは快く答え、アレシアは晴れ晴れとした気分になった。では、私は個室をもらえるらしい。私にとんでもない交換条件を突きつけた人でなしにしては、ましな扱いをしてくれた。

「それで……私の義兄は？」

「告訴は中止と考えてもらっていいよ」トレントは簡潔に言い、電話が切れた。

アレシアは受話器をゆっくりと戻した。さいは投げられたのだ、もはや引き返すすべはない。今となっては、〝待つ〟というトレントの言葉が信用できるものであることを願うばかりだ。

トレントと話し合ったあとは、奇妙なことに仕事に熱を入れることができた。厚生課で調べたらというキャロルの提案を思い出した時は、午後も半ばを過ぎていた。

「できるだけの努力をします」厚生課の若い職員は、熱意を込めて請け合った。「お急ぎですか？」

さあ、どうだろう。「かなり急ぐわ」アレシアは微笑し、希望条件のリストを若い職員に渡してからデスクに戻った。〝かなり急ぐ〟はまずまず正しい見通しだろう。トレントは忍耐強いようには見えない。〝さよなら、君と知り合えて楽しかったよ〟と、すぐにも言い出すのではないだろうか。

その日アレシアは定刻に退社し、帰宅した。これからがやっかいな仕事なのよ、と心を引き締める。「ただいま。みんな、元気だった？」居間に入りながら尋ねた。

「すてきな一日を過ごしたわ」マキシーンはにっこりして答えた。アレシアは姉がすっかり元気を取り戻したことに驚いた。

「私たち、ピクニックに行ったの」ジョージアがわきから口を挟んだ。

「それから、ままごと遊びをしたのよ」サディはふと言葉を切り、急いでつけ足した。

「あとでちゃんと片づけておいたわ」

「いいのよ」サディとジョージアは私の部屋でままごと遊びをしていたのだと気づいて、アレシアは快活に言った。明日からいなくなることについて、今夜中に母に言わなくてはならないと考えていたが、突然その機会が訪れた。「実はね、もしおばあちゃんとママがかまわなければ、あなたたちのどちらかが明日から私の部屋を使えるわ」アレシアは姉のほうを見やった。「今より会社に近いところを見つけることができたの」それはほんとうだ。「明日引っ越すつもりよ」

鳩の群れの中に投げ込まれた猫でさえ、これほどの騒ぎは起こせないだろう！　やっと自分の部屋を手に入れることができて大喜びするサディ、後れをとってかんしゃくを爆発させるジョージア。そんな中でエリナー・ペンバートンが示す冷ややかな不快感は、アレシアにさほどの衝撃を与えなかった。

「恩知らずな娘だこと。あなたのために、私は懸命に……」娘を非難し始めた母親を、マキシーンがさえぎった。

「あなた、二階に上がって、荷造りを始めたら？」

アレシアは姉に感謝の視線を向けた。「そうね、それはいい考えだわ」

「私、お手伝いするわ」サディが申し出た。

「私も」

サディとジョージアが手伝ってくれたおかげで、荷造りは二倍時間がかかった。けれども、マキシーンが二人の娘を迎えに来るころには、彼女たちは再び仲良しになっていた。

翌朝、アレシアがキッチンでお茶とトーストを用意しているところへ、マキシーンが下りてきた。「あなたの新しい住所は？」姉は尋ねた。

「ええと……あとで教えるわ」とっさに思い出せないのだと姉が解釈してくれますように。

「用事がある時は、オフィスに電話をかけて。もちろん、みんなに会うために私も帰ってくるつもりだけど」

「急いで帰ることはないわ」マキシーンは忠告した。「あなたは何年も前に家を出るべきだったのよ。翼を広げなさい……人生を楽しむのよ」驚くアレシアをしり目に、姉は笑いながら言い添えた。「そして、お母さんがあなたに与えた〝有益な助言〟を、すべてお忘れなさい」

アレシアも笑わずにはいられなかった。「お姉さんて、いつもこんなに悪い子だったかしら？」

「もちろんじゃない。あなたも私も父親似なのよ」

「ほんとに？」

「もちろんお母さんを愛しているし、お母さんが私と娘たちを快く受け入れてくれたことに感謝もしているわ。でも、もし私がお母さんに似ているとしたら、私はとうてい耐えられない」

「あきれた、救いがたい人ね！　だけど、お姉さん、気持が明るくなったんじゃない？」

マキシーンはうなずいた。「キースと別れた時は、つらかったわ。でも、あなたが力を尽くしてくれたおかげで悩みから解放されて、新しいスタート台に立つことができた。私、チャンスを一度むだにしたけれど、チャンスはこれからも訪れると思うの」マキシーンの口調は久しぶりに自信にあふれている。「それはともかく、今はあなたのチャンスよ」

車のトランクに荷物を積み込むと、アレシアは複雑な気持でオフィスに向かった。ついに脱出を果たしたという高揚感と、これから先、何が待ち受けているかわからない不安とが交錯している。

その日は、自動操縦装置に操られているかのように、うわの空で仕事をこなした。しかし、昼食から戻った時、ニック・サンダースが立ち寄って、気をまぎらわせてくれた。

「やあ、あなたをつかまえることができて、うれしいな」彼は微笑して言った。

アレシアは彼が月曜日に入社したばかりだということを思い出した。「いかが？　慣れました？」

「ええ、楽しませてもらってます」サンダースは答え、先を続けた。「ところで、土曜日の芝居の切符が二枚あるんですが、いかがです？　ご一緒に？」

ニック・サンダースは好感が持てる男性だし、芝居は好きだ。ああ、でも……。アレシアは突然悟った。トレントの家に移ったら、望みの相手と外出する自由は厳しく制限されるだろう。

「ごめんなさい。この週末は忙しいの」

「そうだと思いましたよ。たいして期待はしていませんでした」彼は愛想よく言った。「きっと二週間前に申し込まないとだめなんでしょう」

ニック・サンダースが自分のオフィスに戻ると、アレシアの心の中から彼のことは消えたが、ニックが気づかせた難問は残った。マキシーンはこれが私のチャンスだと言った。でも、自由のチャンスは？　私が彼の部屋を訪れるのを待つ間、彼以外の男性が私に会いにやってくることを、トレントは予想していないのではないかしら？

アレシアはふと顔をしかめた。トレント自身はどうなの？　彼は世慣れた、精力的な男性だ。私を待つ間、だれと会うのだろう？　彼がお好みの相手とデートするかもしれないと思うと、アレシアはおかしなことに心穏やかでなかった。

とうとう退社時間になり、キャロルと肩を並べて外に出たが、アレシアはまっすぐにトレントの屋敷に向かう気持になれなかった。引き延ばし作戦かもしれないけれど、彼はきっと残業よ、と自分を納得させる。

トレントが帰宅するまで、外で待つのはごめんだわ。アレシアは軽い食事をとって、七時までねばった。

七時半。これ以上は引き延ばせない。内心おびえながら、アレシアはトレントの屋敷に行き、玄関ドアのベルを鳴らした。何も考えないように努めつつ待った。

長くは待たされなかった。災いの瞬間はすばやく訪れた。アレシアはドアの内側にトレントの足音を聞き、続いて彼の姿を見た。しかし、彼女を目にして、トレントは少しもうれしそうではなかった。

そして、これこそアレシアが必要としていたことだった。「私、誤解していました?」

相手の厳しい顔をじっと見つめて言った。

「誤解?」

「もしお部屋がないのでしたら、私はほかで……」トレントの顔が突然笑み崩れた。拍子抜けして、アレシアは口をつぐんだ。

「そして、生涯のチャンスを逃すのかい?」トレントは反論し、快活な口調で続けた。

「君がもっと早く来ることを、僕は期待していたんだよ。外出しなくてはならないんでね」

「あら、すみません」

アレシアは即座に謝った。今夜トレントと一緒に過ごさなくてすむと思うと、安堵すると同時にいささか腹立たしいのが不思議だ。私の初めての夜なのに外出するなんて、彼のデート相手の家の玄関ベルが壊れていればいいんだわ。

「いや、かまわない」トレントは気楽な調子で言った。それから、彼の〝約束〟に遅れようが遅れまいが、アレシアの荷物を車のトランクから運び出して、部屋まで案内してくれた。

トレントは階段を上りつめ、二番目のドアを開けた。中へ入ると、さげていた二個のスーツケースをふかふかしたクリーム色のじゅうたんの上に置いた。

アレシアは三個目の、小型スーツケースを床に下ろし、優雅な家具や調度品、そして用意の整えられたダブルベッドを、おずおずと見回した。びくびくしていることは一目瞭然だろう。しかし、どうすることもできない。

「あなたが準備なさったの？　その……ベッドを」アレシアはぎこちなく尋ねて、さりげない会話の試みがみじめな失敗に終わったことを知った。

「月、水、金曜に、ミセス・ウィーラーが来てくれるんだ」トレントは答えた。「ほかの部屋も見せてあげよう」そう言うと、アレシアを彼女の部屋から連れ出した。「ミセス・ウィーラーがキャセロール料理を用意しているよ、温めるといい。冷蔵庫の中にサラダもある」キッチンに下りてきた時、トレントは言った。食事はすませたなどと言っては、不作法だろう。「僕はたいてい朝が早いから、君は朝食になんでも好みのものをとりたまえ」

では、私は彼の朝食を作ることは期待されていないらしい。

「これが表のドアのキーだ」トレントはポケットの中からキーをひとつ取り出して、アレシアに手渡した。そして、腕時計に目をやりながら言い添えた。「君をガレージに案内するだけの時間があるな。それから、失礼するよ」

トレントが行ってしまうと、アレシアは二階の自室に戻った。ひとりきりで荷物の整理をしていると、奇妙な感じがしてくる。なぜかしら？　化粧品をバスルームに運ぶ途中、突然思い当たった。ここには平和と静寂があるからだ！

たぶん二人の〝お手伝いさん〟がいなかったせいだろう、スーツケースの中身を空ける仕事は、それを詰める時よりずっと短時間ですんだ。荷物の片づけがすべて終わると、アレシアはまたキッチンに下りて、コーヒーでひと息入れた。優雅な屋敷のたたずまいを味わおうと試みるうちに、ふと気がつくと彼女は静けさを心から楽しんでいた。

ベッドは快適だったが、アレシアは眠れるとは期待していなかったし、実際、眠れなかった。トレントの帰宅を待ちながら、彼女は不安と緊張をつのらせた。

心配することは何もないわよ、と自分を説得しようと試みる。帰宅するやいなや私の部屋にやってきて、私に対して抱いているとほのめかした欲望を満足させるほど、トレントは下劣な男性ではない。

ほのめかした？　いいえ、ほのめかしたどころじゃないわ。いったいなぜ、彼が私に部男性全般について何を知っているのよ？　それにあなた、彼について何を知っているのよ？　男性全般について、あるいは今のような状況に陥った場合の対処のしかたについて？

落ち着こうと懸命に努めていた時、アレシアは表のドアが静かに開き、また閉じる音を聞いた。トレントが帰ってきた！　彼女は耳を澄ました。かすかな足音が階段を上り、こちらへ近づいてくる。

トレントの足音は彼の部屋の前で止まるはず、とアレシアは考えた。しかし……止まらなかった！　その音が彼女の部屋の前まで来た時、アレシアは心臓が止まるかと思った。そして、ドアの取っ手が回る音が響いた時、アレシアは声にならない悲鳴をあげた。まじまじと見つめる彼女の目の前で、ドアが開かれ、一条の明かりがトレントの姿を影絵のように浮かび上がらせた。アレシアはすばやく目を閉じ、眠ったふりをした。しかし、彼女はすぐに、ドアが再び閉じる音を耳にした。ぱっと両目を見開くと、ひとりきりだった。

さらに十分ほど体をこわばらせて横たわったあとで、彼女はようやく緊張を解いた。トレントについての私の考えは間違っていなかったわ。トレントは確かに私の部屋に来たけれど、最初の夜から私に対する欲望を満たそうと試みるほど、野卑な男性ではない。

アレシアは目を閉じた。そして、再び目を開いた時、朝が来ていることに気づいて驚いた。ぐっすりと眠った――トレントを恐れることもなく、夢も見ずに。母の家にいた時でさえ、これほど安らかな眠りに恵まれたことはない。

表のドアが閉まる音がして、今日は平日でトレントはすでに出社したことを、アレシアに知らせた。彼女はベッドサイドのデジタル時計を見やった。まあ、驚いた！　まだ七時前じゃない。

「さあ、仕事よ！」きっぱりとそう言ったものの、以前よりも職場に近いとあって、朝は余裕がある。まずお茶を一杯飲んでから、シャワーを浴びて身支度にかかろうとアレシアは決めた。

ふわふわしたブルーのガウンをまとい、ブルーのスリッパをつっかけると、部屋を出て階段を下りた。しかし、玄関ホールから先に進まないうちに、ドアの鍵穴の中で回るキーの音がアレシアを凍りつかせた。

催眠状態に陥ったように、アレシアが茫然と見つめる中、ドアが開いてトレントが入ってきた。ビジネススーツに身を固め、ブリーフケースを手にしている。

「あなたは出かけたと思ったのに！」

アレシアはすみれ色の瞳でトレントを見上げた。彼がすぐ目の前にいて、どきどきしてしまう。私ったら、ばかみたいだわ。

「出かけたさ」黒っぽい瞳をぴたりとアレシアの顔に向けて、トレントは答えた。

アレシアは金縛りにあったように動けなかった。「忘れ物？」さりげなく言いたかったのに、声がかすれてしまった。

トレントはさらに数秒間、無言でアレシアを見ていた。けれど、アレシアが乱れた髪や化粧気のない素顔を気恥ずかしく意識し始めたころ、彼は微笑した。

それは優しい微笑だった。「ああ」そう答えてから、トレントは目に映るものに心を奪われたかのように、さらに数秒間アレシアに視線を向けていた。それから、アレシアが催眠状態から抜け出せないうちに、ブリーフケースを玄関ホールのテーブルの上に置くと、両腕を静かに彼女の体に回した。トレントの顔が寄せられた時も、アレシアはやはり身動きができなかった。「君は温かそうで、抱き締めたくなる」トレントはつぶやき、アレシアは唇に彼の唇を感じた。

彼のキスに応(こた)えたとは思わないけれど、でも、ひどく混乱しているから確信は持てない。アレシアは奇妙なことに、トレントの腕の中で安堵を覚え、胸が高鳴るのを感じた。「お仕事に遅れるわ」彼女はかすれかけた声で言った。あきれた、まだ朝の七時前だし、彼は会長よ。少々遅刻したって、何をかまうことがあるかしら? またもや自分をばかみたいと感じながら、アレシアはトレントの抱擁から逃れようと試みた。

トレントは即座にアレシアを放した。「ああ……おあずけってわけだね」彼はそう言って彼女をからかい、立ち去った。

もともとキッチンへ向かっていたことでもあり、ようやく我に返った時、アレシアはキッチンの中にいた。本能が導いてくれたんだわ。だって、私の頭の中は別のことでいっぱいだったもの。椅子にくずおれるように座りながら、彼女はそう考えた。

昨夜、私は不安におののいた。しかし、たった今トレントにキスされたけれど、恐れはまったく感じなかった。おびえるどころか、彼のキスに胸をときめかせてしまった！

アレシアは立ち上がって、頭を一度ゆっくりと左右に振った。まるで今のできごとを否定するかのように。それから、紅茶のことはすっかり忘れて大きな声で言った。「ばかげてるわ！」一日も早くここを出よう。そう心を決めると、彼女は出勤の支度をするために二階に上がっていった。

6

出社後、アレシアがすぐにしたことのひとつは、厚生課に内線電話をかけて、家探しの条件を〝かなり急ぐ〟から〝大至急〟に変更することだった。そのあと、彼女は仕事に没頭した。

遅くまで残業してから、今はトレントと共用している家に帰った。そして、彼が自分よりもさらに遅くまで働いていることを知った。さもなければ、だれかと早めのデートの最中なのだ。いいえ、私の知ったことではないわ！

アレシアは着替えのために二階に上がった。トレントったら、帰宅は遅くなると電話をくれてもいいはずよ。スーツを脱いでジーンズとシャツを身につけると、私は矛盾の塊だわと自ら認めながら再び階段を下りた。

トレントはいったいどこに電話をするの？　私のオフィス？　すてきじゃない。トレントからの電話をキャロルが取ったりしたら、困惑のあまり私は死んでしまうわ。そんなこと、想像するだけでも恐ろしい。

アレシアは飲み物とサンドイッチを用意して、テレビの三十分番組を見た。しかし、どうにも落ち着けなかった。九時になった。トレントはやはり女性相手の戸別訪問に熱を入れているんだわ――どうでもいいことだけど。そう思い決めた時、アレシアは玄関のドアの鍵穴（かぎあな）に彼のキーが入る音を聞いた。

部屋でしなくてはならないことがあったのを、アレシアは突然思い出した。立ち上がり、一歩踏み出そうとした時、ブリーフケースをさげたトレントが客間に入ってきた。

彼は疲れているみたい、とアレシアは感じた。そして、今日彼がどんなに長時間働いたか、初めて思い当たった。「何かお持ちしましょうか?」そんなつもりはなかったのに、反射的に尋ねていた。

トレントは一瞬驚いて、ちらりとほほ笑んだ。「君は外見だけでなく、心も美しい人だね」彼はアレシアに歩み寄り、言い添えた。「君と暮らすことが楽しくなりそうだ」

それに慣れないほうがいいわ、私、ここに長くとどまるつもりはないのよ! 「食事はおすみ?」彼の〝君と暮らすことが楽しくなりそうだ〟という発言をはぐらかすために、別の話題を持ち出す。

「一時間ほど前に、オフィスでサンドイッチを食べたよ」トレントは答えた。彼が今までずっと働いていたということを確認して、アレシアは心の一方で舞い上がり、もう一方でその有頂天ぶりを冷笑していた。

「じゃ、おやすみなさい。私は用事があって……」アレシアはそう言ってトレントのわきをすり抜けようとした。その瞬間、彼の手が蛇のように伸び、アレシアの腕をつかんで、彼女を向き直らせた。用心深く見つめると、トレントの微笑は消えている。どうやら不興を買ったらしい。

「アレシア、僕を警戒する必要はないだろう！」

よく言うわ！　怒りが不安な気持を追い出した。「それが、私に下心を抱いたからこそ部屋を提供した男の吐くせりふ？」勇気が戻ったのがうれしくて、アレシアは公然と非難を浴びせた。

「君が同意した場合に限ってだ！」トレントはぴしゃりと言った。

「せいぜい長生きすることね！」アレシアはそうやり返し、トレントが声をあげて笑うのを見て、ぶってやりたい衝動に駆られた。何がおかしいの？

彼女は、それ以上は待たなかった。トレントにつかまれた腕を引き抜くと、さっさと部屋を出た。卑劣な男！　よくも私を笑ったわね。

奇妙なことに、その夜もアレシアは熟睡した。そして再び、トレントが家を出ていく物音を耳にした。今度は、彼が引き返してくることはなかった。

翌日のお昼の休憩時間に、アレシアは早速、厚生課が紹介してくれた地階のフラットを見に出かけた。トレントの住む高級住宅街ではないが、とてもいい住環境だ。鉄製のガードレールが地階を道路から隔てている。アレシアは石段を下りて、キーを差し込み、自分専用の玄関ドアを持てることがすっかり気に入った。

彼女は小さな玄関ホールに足を踏み入れ、そこも気に入った。キッチンは取り立てて言うほどのものではないけれど、居間は大きく、外の庭に続いている。どうしても受け入れがたい唯一の欠点は、寝室の壁の色だった。もし赤い点々を散らしたダークグリーンが好みならば、申し分ないところだが。

ともかく、この物件を押さえることだわ。アレシアは会社に戻り、すぐにそのフラットを借りたいと厚生課に申し出ると、緑と赤の壁を塗り消すためにはいったいどのくらいのパステルカラーのペンキが必要かしらと考えながら、自分の席に戻った。

帰宅の道すがら、今や〝私のフラット〟となったものをもう一度見たいという誘惑に、アレシアは逆らえなかった。気分がいい――フラットは私のもの。私だけの場所だ。

トレントの屋敷に戻ったのはかなり遅かったが、彼はそれ以上に遅かった。いいのよ、シャンパンで祝福してあげる！　地階のフラットを借りたことが、アレシアはうれしかった。それについて考えている間は、トレントのことを忘れることができた。

それにしても、トレントはなぜ、こんなに私の心の中に入り込んでくるのかしら？　私はしばしば彼のことを考えている。ああ、でも、私のような状況に置かれたら、だれもがそうするはずだわ。

その夜も早めにやすもうと決めていたが、八時半を回ったころ、トレントが帰ってきた。〝何かお持ちしましょうか〟と尋ねる誤りを、アレシアはもう犯さなかった。

だが、トレントが彼女に求めた。「コーヒーをいれてもらえるかな?」

手首でもくじいたの? アレシアはトレントを見やり、目のまわりの細かなしわから、彼が多忙な一日を過ごしたことを察した。そして、彼に答える自分自身の声を聞いた。

「喜んで」彼女はすぐさまキッチンへ向かったが、トレントがついてきてこちらを眺めているのに気がつき、激しいいらだちを覚えた。そこに突っ立っているくらいなら、自分でコーヒーを用意できるはずよ!

「君は飲まないの?」アレシアがカップとソーサーを一組だけ取り出すのを見て、トレントはきいた。

明らかに、〝君も一緒に〟と誘っているのだ。おびえていると思われては、面目にかかわる。アレシアは、食器棚からカップとソーサーをもう一組出しながら尋ねた。「今日はいかがでした?」

「充実してたよ」彼は答えた。

「あなたのお仕事は極秘なの?」アレシアは自分が彼の仕事に興味を引かれていることを発見した。

「一部はね」とても快適な客間があるにもかかわらず、二人はカップを前にキッチンテーブルに座っていた。「うちの会社の科学者たちは、特殊な問題が生じた場合、海外のプロジェクトに援助を要請されることもある。君は？　どんな一日だった？」

アレシアは根が正直だったので、厚生課が見つけてくれたフラットのことを、トレントに打ち明けたい衝動に駆られた。しかし、なんとか秘密を保った。「充実していたわ」代わりに彼女はそう答え、トレントの言葉をおうむ返しにしたので、思わず微笑した。

次の瞬間、トレントの視線が唇に注がれるのがわかった。ややあって、彼が真剣な表情でその視線を瞳に戻した時、アレシアはひどくうろたえた。「ねえ、君」しばらく無言でアレシアを見つめたあと、トレントは静かな口調で言った。「君がこんなふうに僕のキッチンに座っているなんて、信じられない気持だよ」

落ち着きを取り戻そうと、アレシアは懸命に努めた。「それはあなただけではないわ。私も同じ気持だわ！」きびきびと言い返し、腰を上げると、二階の自室に退いた。

その夜はよく眠れなかった。とぎれがちな眠りに落ちたあと、早朝に目覚めた。眠れないまま何時間横たわっていただろう？　アレシアは不意にベッドにいることにあきあきした。トレントは週末の朝はゆっくり眠るのかもしれないと考え、静かに起き出してガウンとスリッパ姿になると、忍び足で階段を下りた。

キッチンに入り、ポットで紅茶の用意をする。ふと気がつくと、トレントが仕事に費やす長い時間のことを思っていた。別に彼のことを心配しているわけではないけれど、あんなに多忙で、彼はいったいいつ遊ぶのかしら？

週末だわ。それ以外にないもの。そうよ、先週の土曜日に彼はパーティを開こうとしていたじゃない。お願い、今夜またパーティを開こうなんて考えないで。もし考えているのなら、私は姿を消すわ。

アレシアは手元に目をやり、二個のカップに紅茶を注いだことに気がついた。習慣のなせる業だ。彼女はひとつを手に取って椅子に座ったが、目はもうひとつの、非難がましく調理台の上に載っているカップのほうにさまよっていく。

ええ、わかったわ！　確かにトレントは働き詰めだわ。アレシアは立ち上がり、トレーを見つけた。彼は毎日忙しく働いていて、私はたまたま紅茶を二杯用意した。彼のところに運んであげないほど、私の心は狭くないはずよ。

階段を上る間中、アレシアはキッチンへ逆戻りしたい誘惑と闘っていた。トレントの寝室のドアの外で、彼女はまた別の闘いに入った。私は狭量ではない。けれど……。まあ、あきれた。ばかなことを考えるのはおよしなさい！

自分自身に対するいらだちが勝利をおさめた。次の瞬間、アレシアはドアを軽くノックし、それを開けて中へ入った。今となっては前進あるのみだ。

彼女はベッドにちらっと視線をやり、トレントが目覚めていることを見て取った。彼は上半身を起こし、事業報告らしき書類に目を通している。アレシアがトレーを手にしてべッドに歩み寄ると、彼はその書類をゆっくりと下ろした。

困ったわ。羽毛のかけ布団が胸まで覆っているけれど、むき出しの上半身から察すると、トレントは何ひとつ身につけていないみたい！

「おはようございます」アレシアはそっけなく言った。お茶を置いたら、さっさと退散するつもりだ。「お砂糖は入れなかったわ」

「僕の健康のためにいいだろうよ」トレントはものうげな調子で答えた。笑うべきかしら？ それとも彼をぶってやるべき？ アレシアはわからなかった。

またしても混乱してしまう！ もちろん、神経がちょっと過敏になっているだけよ。アレシアはトレーの紅茶をベッドサイドのテーブルに移した。そして、急いで部屋を出ようとした時、手首をトレントにつかまれた。彼の長く引き締まった、むき出しの腕を見つめて、アレシアは凍りついた。

「逃げなくてもいいじゃないか」トレントはのんびりと言い、アレシアは再び彼を見やった。

腕を伸ばしたせいで、かけ布団が腰のあたりまでずり落ちている。彼の胸は広く、引き締まっていた。そして、二つの小さな先端までが目に入った。

いやだわ！ アレシアはあわてて目をそらし、トレントの顔を見た。ほおが燃えるように熱いけれど、どうか顔に出ていませんようにと祈りながら。「あなた、ひげを剃(そ)ったほうがいいわ」

「今すぐベッドから出て、君の勧めに従ったほうがいい？」トレントはいたずらっぽく提案し、アレシアは確信した。彼は完全に裸なのだ。そのうえ、おもしろ半分に私を苦しめている。しかし、トレントは態度を和らげ、アレシアの手首を軽く引いてベッドの上に座らせた。「お茶をありがとう。君はとても親切だ」彼は微笑して言った。

アレシアは自分の気持を測りかねていた。裸のトレントと彼のベッドの上に座っている。

「私……あの、毎朝ベッドにいる母にお茶を運んでいたの」

「僕を君のお母さんみたいに思わないでくれよ」トレントはのんびりと言いながら、アレシアの手首を放した。アレシアは笑わずにはいられなかった。

「あなたは働きどおしだから」紅茶を運んだわけを説明すべきだと彼女は感じた。「夜明けとともに出勤し、帰宅は夜更けですもの」

「気がついてたの？」トレントは満足そうだ。「僕がいなくて寂しいかい？」

「私はあなたのことをろくに知らないのよ！」

「じゃあ、その事態を即刻改めることにしよう」トレントは言った。アレシアははっとして、彼の瞳を見上げた。体が数センチ、飛び上がったかもしれない。しかしまもなく、おびえる必要はなかったことを知った。彼は穏やかにこう提案したのだ。「今日、二人で一緒に過ごすっていうのはどう？」

「あら、私……」トレントと一日を共に過ごしたいのか、あるいは彼をより深く理解したいと望んでいるのか、アレシアは自分でもよくわからなかった。「今日はたくさん予定があるの」

「延ばしたまえ」トレントはきっぱりと命じた。「僕は明朝、南アメリカに飛ぶ。三週間の予定だ」

「世の中にはラッキーな人がいるものね！」彼に再び会えるのは三週間後だと思うと、予期せぬ寂しさに襲われて、アレシアはことさら勢いよく言った。あなたはなんてばかなの！ 自分を叱ってみたが、抵抗する気持はすでに弱まっている。「そうね、予定は延期できると思うわ。それがあなたのお望みなら」

「それが僕の望みだよ」トレントは請け合ってから、アレシアをからかった。「おはようのキスをしてくれるかい？」

「紅茶で我慢しなさい」アレシアは辛辣にやり返し、彼がにやっと笑うのを見た。そのとたん、もう一度トレントの唇の感触を味わいたいという奇妙な衝動にとらわれて、この部屋から出るべきだと思い知らされた。彼女は身を翻してトレントを置き去りにすると、混乱した思いを胸にシャワーを浴びた。キッチンの紅茶のことはすっかり忘れていた。

トレントはスピードの出る車を、急ぐでもなく走らせた。時には雑談を交わし、時には無言で。ウィルトシャー州に入るころには、アレシアは彼のかたわらですっかりくつろいでいた。私はトレントが好きなんだわ、と再び考える。そのはずよ、好きでなければ、今彼と一緒にいるわけがないもの。

　トレントはふさわしい場所を本能的に察知するらしい。昼食をとるために気取りのない外見のホテルを選んだが、そこはたまたますばらしくおいしい食事を出した。

「腹ごなしに、私、少し歩かなくてはならないわ」食事のあとで、アレシアは言った。彼女は旺盛（おうせい）な食欲の持ち主だが、余分な肉はまったくつかないという幸運に恵まれている。

「君と僕、二人ともさ」トレントは同意し、テーブル越しにアレシアの愛らしい顔を見た。「言わせてもらうが、少しばかり歩くことを恐れない女性と一緒にいるのは、とても楽しいことだ」

「ご親切なお言葉、恐縮です」アレシアは形式張って答えた。「そして、私も言わせていただきますと、あなたはこれまでデートのお相手に間違ったタイプを選んでいらっしゃったんじゃありません？」

　トレントはまた、アレシアを見た。そうすることが楽しいかのように。彼はいつもどんなタイプの女性と外出しているのかしら？　いぶかりつつ、アレシアも彼を見つめ返した。たぶん、彼自身に似ている、世慣れて洗練されたタイプだわ。〝車をドアの前に回して〟と命令するタイプ。なまめかしく、優雅で美しい女性。きっとそうよ。

　だしぬけに、アレシアは立ち上がった。「私、化粧室に行ってきます」そう言って、そそくさとテーブルを離れた。

鏡の前でブロンドの髪にブラシを当てながら、今しがた味わった恐ろしい感情と折り合いをつけようと試みる。ほとんど傷つけられたように感じたのは、どういうわけだろう。いくつかの理由が思い浮かんだが、アレシアはそれらをひとつずつ退けた。そして最後に、トレントの相手役の女性のことを思った時に嫉妬を覚えたことを認めた。

嫉妬！　生まれてから今日まで、妬みを感じたことなど一度もなかったのに。トレントが交際する女性たちを妬んだと自ら認めるのに、アレシアは数分かかった。しかし、それは事実に違いなかった。

私は彼女たちのようになりたいと願っているのかしら？　洗練されたエレガントな女に？　アレシアは鏡に映る自分の姿を見つめた。ひざ丈の、薄手のウールのドレスをまとった姿は、まずまずあか抜けしている。でも、洗練の域には達していないし、エレガントである自信もない。ましてやなまめかしい美女など、望むべくもない。

根が正直なアレシアは、心の中をより深く探った。では、私はなぜ妬みを感じたの？　女性たち自体が理由でないとしたら、彼がそんな女性たちとデートするから？　私はトレントが好き――それは認めるわ。でも、それだけで私の嫉妬の説明がつくものかしら？

解答を見つけることはできなかった。それにしても、トレントはなぜ私をドライブに連れ出したのだろう？　アレシアはふといぶかった。

そうだ、わかったわ。トレントは私をベッドに誘いたがっているけれど、私は抵抗している。トレントのような男性は、挑戦を受けると張り切るものなのよ。ああ、困った！

再びトレントに合流する心の準備が整うまでに、アレシアはさらに五分かかった。戻ってみると、彼女の長い不在にいらだった様子もなく、トレントはロビーでホテルのスタッフと話し込んでいる。

しかし、彼は即座にアレシアを見つけた。「大丈夫かい？」歩み寄り、彼女をホテルの外にエスコートしながら尋ねた。

「ええ」アレシアは答え、突然、実際に気分がよくなったことを実感した。

「よかった。じゃ、散歩しようか」トレントは言った。「今、ホテルの支配人にきいたんだけど、ここの突き当たりを右に曲がると小道に入り、そこを進むと橋のかかった小川に出るそうだ」

「のどかなところみたいね」アレシアは答え、二十分後にその言葉どおりの風景に囲まれた。

さざ波を立てながら曲がりくねって流れる水を見つめていると、引き込まれそうになる。草や木の葉の、さまざまな濃淡の緑が重なって、あたりを満たす平和と静寂に酔ってしまいそうだ。すべてが調和の中にひっそりと憩っていた。

なのに、トレントはなぜそれを台なしにしなくてはならないのだろう？　とんでもない質問をして。「君、お父さんと会うことはあるの？」

「いいえ、今は」いらだちを抑えて、アレシアは答えた。

「ということは、以前は会っていたのかい？」

まったく！　流れを見つめ、木立を眺めたらどうなの！「最初のうちはね」アレシアはそっけなく答え、トレントがそれでも話題を変えようとしなかったので、ひっぱたいてやりたい衝動に駆られた。どうして私はこんなに攻撃的なのだろう？　彼女はいぶからずにいられなかった。いつもは平静で、他人に怒りをかき立てられることなどめったにないのに——この人以外には！　ほとんど初めて出会った時から、彼は私の平和な世界をひっくり返した。

「何があったの？」トレントはしつこかった。

「何もないわ！」

「そんなはずはない」

アレシアは憤りに瞳をきらめかせてトレントをにらんだ。しかし、彼は平然としたものだ。くつろいだ様子で彼女の返事を待っている。

「どうしても知りたいのなら……」激高して答える自分の声を、アレシアは聞いた。「父が私を迎えに家に来るたびに起こる大騒ぎが、私は耐えられなかったの。父はそれを察したらしく、来なくなったたわ。私……」アレシアは急に口をつぐんだ。トレントから目をそらし、橋の向こうの小川を見やった。

トレントの手が伸びて、顔にかかるほつれ毛をそっと払うのが感じられた。「君はなんて繊細な心の持ち主なんだ」

アレシアはぐいと頭を引いた。繊細な心？　私が彼の鼻にパンチを食らわせたいと切望していることを知ったら、彼はすぐに前言を取り消すだろう。「あなたのご両親は？」逆に質問する。私だけが一方的に尋問されるなんて、おかしいわ。

「僕の両親？」

「今もご一緒なの？」

「もちろんだよ」トレントは答えた。「両親にとっては、お互いに相手がすべてなんだ」

アレシアの怒りは不意に消えた。父のこととなると、私は過剰に反応しすぎるのかもしれない。お互いに相手がすべてだなんて、すてきなご夫婦だ。「ここから一時間とかからないところに住んでいるよ。会ってみるかい？　今からでも訪ねていけるけど」

トレントの両親に会う？　まあ、とんでもない！

〝それで、あなたはどちらにお住まい、アレシア？〟〝実は、私はあなたの息子さんと……〟いいえ、けっこうよ！「私、あなたのご両親が嫌いなわけではないけれど、でも……」

「じゃあ、その息子がいやなんだ」

「そのお話はあとでね」アレシアはとぼけてかわし、二人とも思わずにこっと笑った。ばかげたことに心臓の鼓動が速まるのを感じて、アレシアはあわてて顔を背けた。けれども、トレントを心の中から追い出すことはできなかった。彼は長身で、カジュアルに装い、上機嫌だ。お互いの体が触れ合うくらい近くにたたずんでいる。

アレシアは美しい風景を感嘆して眺めることに意識を集中した。それはついさっきまで、まったく注意を必要としなかった事柄だ。「すばらしいところね」ぎこちない沈黙が耐えられなくなって、彼女は言った。

「美しい」トレントがつぶやいた。アレシアは振り向き、すばやく彼を見ないではいられなかった。そして、彼の視線が景色にではなく、自分に注がれていることに気がついた。激しい緊張と混乱を覚え、彼女はあわてて顔を前に向けた。しかし、彼女に尋ねるトレントの口調はむとんちゃくで、くだけたものだった。「君がこの景色を楽しむことを妨げたかもしれない予定って、なんだったの？」

今日は予定があるからと最初は彼の招待を断ったことを、アレシアは思い出した。トレントの質問がさりげなかったせいか、フラットのことを彼に打ち明けるのに昨夜ほどの抵抗を覚えなかった。

「私、フラットを借りたの」アレシアは言った。「だから……」

「なんだって？　フラットを借りた？」アレシアは驚いて、まじまじとトレントを見つめた。彼の怒りに満ちた声は、それまでののんびりした会話の調子とはあまりにもかけ離れている。「君は僕と一緒に住んでいるんだぞ！」

「私が忘れたとでも思うの？」アレシアも彼に負けず劣らずいきりたち、二人はにらみ合った。激しく言い返そうとしたその瞬間、生来の正直さが頭をもたげて彼女の出ばなをくじいた。トレントの屋敷に移り住むことは、無理強いではなかった。望みのものを手に入れるため、自ら同意した契約だ。アレシアの怒りは静まった。「このことで私を軽蔑しないで、トレント」アレシアはみじめな気持で訴えた。それでも彼は敵意のこもった目でこちらを見すえている。しかたなく、アレシアは説明を始めた。「あなたもわかっているはずだわ。私たちの、この……取り決めが永久的なものではないってことは」

さらに二秒ほど、トレントはアレシアを冷ややかに眺めていた。それから、冷静に質問した。「取り決めはまもなく終わるだろう。君はそう言おうとしているのか？」

みじめな気持はたちまち消え、アレシアは新たな闘志をかき立てられた。「幻想は抱かないことよ、トレント！　私は、あなたのベッドに入る気はまったくなかったし、これからもそんな気はありませんから！」

トレントがどのような反応を示すのか、アレシアは見当もつかなかった。しかし、アレシアの宣言後まじまじと彼女を見つめていたトレントの唇がやがてぴくぴく震え出そうとは、まったく予期していなかった。そのうえ、彼女自身の唇までもが同じことをしようとは。

「君は我慢できないほど腹立たしい人だ」トレントは意見を述べた。そして、その言葉をアレシアの唇に短いキスをして締めくくるのは、ごく自然なことに思われた。

二人は同時に身を引いた。アレシアは恐れを感じなかった――奇妙なことに、驚きも。彼女はトレントを見上げ、彼が真剣な表情で、こちらにひたむきな視線を注いでいることを見て取った。彼の頭が再び下りてきた。

トレントの両腕がアレシアを抱いた。唇がアレシアの唇をとらえた。穏やかに求め、与えながらも奪う。

三度、そして四度、キスが繰り返され、アレシアは両腕を彼にからませて、キスを返した。すっかりくつろいでいた。

やがてトレントが頭を上げた。熱っぽい目をしている。「これではとうてい腹ごなしの運動にならないよ」

「散歩したほうがよくはない？」アレシアは提案した。

しかし、そうだねと彼が同意するまで、二人はさらに数秒間、見つめ合っていた。散歩の間はずっと、トレントは片腕をアレシアの肩に回していた。まるでそこに属しているかのように。彼の屋敷を離れ、光に満ちた田園の中に身を置いて、アレシアはのびのびと解放感に浸った。

「あなた、旅行の荷造りをしなくてはならないでしょう?」ロンドンに戻って、屋敷の客間に足を踏み入れた時、アレシアは思いついて言った。

「すぐにできるよ」トレントは答えた。「君、おなかはすいていない?」

「ドライブはあなたの担当だったから、夕食は私が用意するわ。ポーチドエッグはいかが?」

「君がずうずうしくも借りたという、そのフラットについて話してくれないか」キッチンで簡単な食事のテーブルを囲んだ時、トレントが言った。

アレシアは彼の顔をちらっとうかがい、その質問が非難を含んでいないことを見て取った。「地階のフラットよ。そして、少し手を加えなくてはならないの。実は、今日そこへ行って、どのくらいのペンキが必要か、見積もりを立てる予定にしていたの」

「自分で部屋の壁を塗り直すつもり?」

「やってみようと思って」アレシアはにこっと笑った。「経験はまったくないけれど」

「僕が……」トレントはそう言いかけて考えを変えたらしい。「君はきっと上手にできると思うよ」そう言ってアレシアを勇気づけた。

食事が終わり、すべてがきちんと片づいた時、アレシアはショルダーバッグを客間に置いたままだったことを思い出して、それを取りに行った。

「ナイトキャップをどう?」アレシアについて客間に入りながら、トレントが誘った。

「私、もうやすもうと思っているの」彼女は友好的に断った。「今日は楽しかったわ。ほんとうにありがとう」

「ほんとに？」

「ええ」アレシアはほほ笑み、心から言った。

トレントも微笑し、アレシアに触れるほど近くまで歩み寄った。「僕も楽しんだよ」彼女の顔をじっと見て、低く言う。

アレシアは金縛りにあったように動けず、茫然とトレントを見上げた。彼が身をかがめ、彼女の腕をつかんで温かな唇をそこに押し当てた時も、やはり動くことができなかった。彼女は目を閉じた。

トレントが身を引き、アルコール類の載ったテーブルへと歩み去った時、アレシアははっとして閉じていた目を開いた。「おやすみ、アレシア」彼は平静に言って、それ以上彼女を引き止めようとはしなかった。

私にキスしても、ナイトキャップのことは忘れないのね！　おかしな不満を覚えながら、アレシアはさっさと自分の部屋に向かった。まあ、私は何を待っていたの？　もう一度キスされること？

ベッドに入ったものの、眠りは訪れなかった。ずっとあとになって、階段を上がってくるトレントの足音が聞こえた。それから、彼が部屋の中を動き回る音を。荷造りをしているのだとアレシアは察した。そして、行って手伝ってあげたいという、ばかげた衝動に駆られた。私は頭がおかしくなりかけているんだわ。トレントは海外出張が多くて、荷造りはお手のもののはずなのに。

眠りに落ちるころには、アレシアはまたしてもすっかり混乱していた。妙なことだが、隣室のトレントの足音を聞いていると、心が慰められる。そして、明日の朝は何時に家を出るのか、彼にきいておくんだったと痛切に悔やまれた。気が変になったの？ 朝、起きて彼を見送りたいと思うなんて。いえ、おかしくないわ。三週間留守にすると彼は言っていたもの。丸々三週間、彼と会わないことになるのよ！

結局トレントの出発前に、アレシアは彼と会った。翌朝目を開けると、彼がベッドサイドのテーブルの上に紅茶のカップを置こうとしていたのだ。

「朝のお茶のルームサービスが、君だけの特権だなんて納得できなくてね」アレシアが目覚めたのに気づき、トレントは言った。

アレシアは上半身を起こした。彼に会えてうれしい。「もう行くの？」

「ああ、すぐに」ベッドの端に腰を下ろすと、トレントは言った。「僕が留守の間、いい子にしてるかい？」

「身についた習慣なのよ。私が破ると思う？」アレシアはいたずらっぽく問い返した。

トレントの唇の両端がぐいっと持ち上がった。「君はいつか破るさ」重々しく宣言する。

それから再び微笑し、ちゃめっけたっぷりにつけ加えた。「その時は、僕が立ち会うつもりだよ」

アレシアは声をあげて笑った。トレントが好きだ。「あまり期待しないほうがいいわ」彼女はそう忠告し、その返礼としてしっかりとキスされた。

しかしトレントが身を引いた時、二人とも笑ってはいなかった。アレシアはひたむきな瞳でトレントを見つめた。彼に行ってほしくない！　トレントもアレシアを見返し、永遠にも思われた一瞬、二人はただお互いを見つめ合っていた。それから、トレントは不意に目をそらした。彼の視線は、アレシアのナイティのゆったりした肩ひもが下にずれ落ちた場所に留まった。

アレシアは彼の視線の先を追い、自分の左胸のふくらみがほとんどむき出しになっていることを見て取った。彼女ははっとして、あわてて胸を覆いにかかった。

「やめるんだ！」トレントが命じた。「君は美しいよ」ささやくなり、彼はうめき声とともにアレシアを抱き寄せた。

アレシアは抵抗しなかった。多少のためらいはあったが、彼女はトレントにしがみついた。次の瞬間、彼に唇を奪われていた。これまでにもキスされたことはあったが、今度のは違った。

アレシアの感覚は鋭く研ぎ澄まされた。トレントの唇が彼女自身の唇の上で動き、それを押し開くのを感じる。彼は私の唇に私の名前をささやいたかしら？　はっきりわからない。アレシアにわかっていたのは、トレントを押し戻す気がまったくなかったことだけだった。

実際、トレントが片腕で彼女を抱き、残る手で彼女のむき出しの肩を愛撫(あいぶ)した時も、アレシアは彼を押し戻すどころか、より親密に体を寄せた。その手が滑り下りて、胸の固いふくらみを包んだ時、彼女はつばをのみ込んだ。

「ああ、僕のかわいい人」トレントはアレシアの唇にささやき、さらにキスを重ね、愛撫を加えた。体の内側に目覚めた感覚のせいで、アレシアは自分がどこにいるのかわからなかった。

それから、トレントはようやく体を離した。彼の目はアレシアの顔を探ると、吸い寄せられるかのように、今や完全に露出している彼女の左胸のふくらみに移動した。

アレシアがそれを覆い隠そうとしたとたん、トレントの手が手首にかかって妨げられた。

「僕は決して君を傷つけはしないよ」彼は静かになだめてから、彼女の胸に顔を寄せ、固くなった先端に唇を押し当てた。続いて、それを口の中に含む。アレシアの体の奥深い部分で、彼女がいまだ知らない欲望が呼び覚まされた。

いつまでもやめないでと心の中で願いながら、なぜ〝やめて！〟と叫んでしまったのだろう？　それは深い謎(なぞ)だった。苦悩の低いうめき声とともに、トレントはほんとうに中止

した。自制のためのつらい努力をしながらも、彼はアレシアのナイティの肩ひもをもとの
位置に戻すことまでやってのけた。彼女を解放しながら、問いかける。「君は冷たい水を
浴びせかけるようなことをする人だね、アレシア・ペンバートン……自分でわかってるの
か？」
「わかってるわ」かすれ声でどうにか答える。
「それから、僕の気を半ばおかしくさせたことも？」
あなたが私に何をしていたか、知らないとでも言うの？「あなたはきっと、どの女の
人にも同じせりふを言うんでしょう？」懸命に落ち着きを取り戻そうとしながら、アレシ
アは言い返した。
トレントは長い間、まじまじとアレシアを見つめていた。乱れた髪、紅潮したほお――
彼女の姿を記憶に刻みつけようとするかのように。やがて彼はうなるように言った。「空
港に行く時間だ！」そして、身を翻して出ていった。

7

トレントが出ていったあと、アレシアはもう眠らなかった。どうして眠れるだろう？彼は予想もしなかった感情を目覚めさせたのだ。キスの経験があると思っていたけれど、それは間違っていた。トレントのように激しく私の心を揺さぶった男性は、今までいなかった。

彼が運んでくれたお茶を飲み、アレシアはしみじみ考えた。なんて優しい心づかいだろう。それから、すばやくベッドから出ると、シャワーを浴びて着替えをすませた。その間ずっと、冷静になろうと懸命に試みる。

泥沼にはまったような感じで、午前中はほとんど何も手につかなかった。トレントの腕に抱かれていたのは、ほんとうに私かしら。彼にしがみつき、もっと求めたのは私なの？それとも、あれは夢？

何もかもが正気の沙汰ではない。初めてトレントに出会った時以来、私の思考力は劇的に低下したのだ。まさしく支離滅裂の状態だ。トレントと同居したいと思ったわけではなく、あの人が持ち出した交換条件のせいでやむなく同意したのだから、彼を憎むのが当然なのに。

しかし、アレシアは彼を憎んではいなかった。それどころか、今朝のとんでもないふるまいに基づいて判断すれば、彼にぐいぐいと引きつけられているようだ。ああ、なんてことかしら！

白昼の冷徹な光のもと、トレントとベッドを共にするつもりは今もまったくないことを、アレシアは再確認することができた。ただ、トレントが待ちくたびれて私を追い出す日を漫然と待つ代わりに、期限を決めるべきだったと悔やまれた。

午後がめぐってくるころ、今朝目を開けてからトレントのことを考えるほかは何もしていないとアレシアは気づいた。彼のキスや愛撫に大いに心をかき乱された事実に目をつぶるつもりはないが、それは週末なのでやるべきことが何もないからだろう。

やるべきことが何もない！　まあ、あなたは内装や家具が必要なフラットを借りたんじゃない？　アレシアは気持を落ち着けて、母親の家にいた時いつもぶつかっていた家具のことを考えた。母の家の電話番号を押すと、マキシーンが出た。

「ひとり暮らしはいかが？」姉がとても明るい口調で尋ねたので、アレシアは自分のしたことは正しかったのだと喜んだ。ひとり暮らしではないことを、マキシーンに打ち明ける必要はない。

「すっかり様変わりしたわ。でも気に入ってるの」アレシアは答えた。

「よかった！　ところで、場所はどこなの？」

今回は、アレシアは場所を教えられるフラットを持っていた。姉に地階のフラットの住所を告げ、言い添える。「内装が完成したら、見に来てね」

「私たちみんなで？　あなた、後悔するわよ。電話番号は？」

「あら……覚えていないわ」それは真実だ。「電話機に書いてないのよ」これは作り話だった。「実は、お願いがあって電話をしたの。お母さんはいる？」

「サディとジョージアを連れて散歩よ。お願いって何？」

「私の以前のベッドルームの家具を、いくつかお借りできないかと思って。少しの間だけ……」

「私の家具も借りてもらえると、大いに助かるんだけど」妹をさえぎって、マキシーンは申し出た。「居間用にいかがかしら？」

フラットに備える家具の問題をやすやすと解決して、アレシアは受話器を置いた。目下玄関ホールに鎮座しているたんすもぜひどうぞ、とマキシーンは主張したのだった。トレントはあのたんすに向こうずねをぶつけたっけ……。そこで、トレントがまたもやアレシアの心の中に戻ってきた。

月曜日が来たことを、アレシアは感謝した。夢中で何かに没頭する必要を感じる。オフィスを出るまで、そのことに問題はなかった。しかし、夜は虚しく、果てしなく続くように思われた。

いったいあなた、どうしたの？　自分を激励しながら、彼女はオフィスからまっすぐ地階のフラットへ行った。そうよ、やっぱり家具を運び込む前に、ベッドルームの壁を塗り直さなくてはならないわ。

必要な材料の見積もりを立ててから、アレシアはトレントとともに住んでいる家へ帰った。ただ、彼はそこにはいない。そして、何かが違った。アレシアは空腹ではなく、早めにやすむつもりだった。

まず温かい飲み物を用意しようと決めてキッチンへ入った時、電話が鳴った。まあ、困ったわ！　彼女は電話には出ない決心をした。同居人がいることをトレントがだれかに話しているかどうか、わからないのだから。

だが、電話は執拗に鳴り続けた。トレントにかけてきた人がだれであれ、簡単にあきらめるたちではないらしい。そう、トレントの会社からではありえない。彼が海外出張中だということを知っているはずだから。それに、親しい人たちも知っているだろう――彼の両親や親密な関係の女友達も。

ああ、いまいましい！　トレントの女友達のことを思ったとたん、アレシアはいらだちに駆られた。気がつくと、受話器をつかんでつぶやいていた。「もしもし」

「お風呂に入っていたのかい?」どこにいても聞き違えるはずのない声が尋ねた。

「今どこにいるの?」舞い上がって、アレシアはきき返した。トレントはイギリスに帰ってきたんだわ。うれしさに心が弾む。

「リオさ」トレントは答え、アレシアの気持は再びしぼんだ。彼はやはりブラジルにいるのだ。「君は外出してるのかと思ったよ」

「電話に出るべきかどうか、迷ったの」アレシアは説明した。「同居人がいることを、あなたがだれかに話したかどうか、わからなかったから」

「僕の家は君の家だよ」トレントはそう答えたが、それは説明になっていなかった。

「そうね。それで……」胸の動悸が少しおさまり、アレシアは考えた。トレントはむだ話をするためにブラジルから電話をかけてきたのではないだろう。「私はなんのお役に立てるかしら?」メモ帳とペンを用意しながら尋ねる。

「ああ、アレシア」トレントの声があからさまに不道徳な響きを放ったので、アレシアは彼のからかいを自ら招いてしまったことを悟った。

トレントの笑い声に重ねて、アレシアはせき払いをした。「私を堕落させる気?」

「それは不可能だろうな」

「でも、最善を尽くすつもりなんでしょう?」

「任せてくれ」トレントの口調は真剣そのもので、アレシアは彼の言葉の解釈にとまどった。

「ささやかな要求だこと。それじゃ、何も特別な用件はなかったの？」

「僕自身の家に電話するのに、理由が必要かい？」

トレントは機嫌よく言い、アレシアは微笑した。「じゃ、おやすみなさいを言うわ」

「用心するんだよ」彼は答えて電話を切った。

その夜、アレシアはぐっすり眠った。そして、翌朝は元気いっぱいで出勤した。オフィスから引っ越し業者に電話して、来週の金曜の午後に、実家から地階のフラットへの家具の運搬を依頼した。

トレントは三週間留守なのだから特に急ぐ必要はないけれど、フラットで家具の配置を考えたりしていれば、彼のいない週末が充分につぶれるだろう。

そう考えた次の瞬間、アレシアは茫然(ぼうぜん)とした。まあ、驚いた。私はいったいいつから、週末をつぶす計画を立てなくてはならなくなったの？

彼女はお昼の休憩時間に、はけ、ローラー、ペンキを買って、車のトランクに入れた。

しかし、午後の四時ごろ、フラットの壁の塗り替えに対するアレシアの熱意は冷め始めた。

そして五時には、ペンキ塗りは緊急を要さないと決断した。家具の搬入は一週間以上も先のことだ。

アレシアはそそくさと退社し、トレントの屋敷に帰った。軽い食事をすませてから、母親に電話をかけた。「マキシーンが家具の一部を私に貸してくれることになったの。聞いてます?」

「倉庫で保管するよりは安いでしょうからね」エリナーは辛辣(しんらつ)に答えた。

「お母さん、お元気?」

「完璧(かんぺき)に元気ですとも」冷ややかで、とりつく島もない返事だった。

たんすのほかにどの家具を借りるべきか調べるために、アレシアはこの土曜日に実家を訪問する約束をした。電話を切り、その夜の残りは鳴らない電話機を見つめて過ごした。昨夜のように、トレントは今夜も電話をかけてくるかしら?

あきれた! だれが見ても、私は彼の電話を待っているんだと思うわ! フラットへ行かなかったのは、彼が早めに電話をかけてきた場合を考えてのことだと。とんでもないたわ言よ!

その夜、トレントは電話をかけてこなかった。アレシアはすっかり混乱した気分でベッドに入った。なんて腹立たしいのだろう。あの恥知らずの人は、遠く離れていてさえ、私をかき乱す力を持っているようだ。

翌日の夕方、アレシアは退社後にフラットへ回った。トレントは今夜電話をかけてくればいいんだわ。私はそれを待ってはいないから。彼女は車からペンキや塗装用の道具を降ろすと、すぐに仕事にとりかかった。

壁を磨く肉体労働は、きつくはあったが楽しかった。アレシアはたて続けに何時間も働いた――トレント・デ・ハヴィランドという男のことは考えまいと固く心に決めて。

時が流れた。紙やすりをかけ終わるころには、新しいペンキを試してみたいという誘惑に逆らえなくなった。ペンキを均一に塗るのは思ったよりも難しいとアレシアが悟ったのは、その時だった。今夜はこれで切り上げよう。私に必要なのは、シャワー、食事、そしてベッドだ。

今夜の成果に満足を覚えつつ、アレシアはトレントの屋敷に戻った。シャワーを浴び、ガウン姿でキッチンへ行ってサンドイッチを用意していると、電話が鳴った。アレシアは驚いて飛び上がった。まさか、トレントでは？　胸が騒ぐ。彼、電話を切ってしまうかもしれない。彼女は急いで受話器をつかむと息を切らして言った。「はい！」

「どこに行ってたんだ？」いきなり詰問されて、トレントに対する好ましい感情は吹き飛んだ。

自分を何さまだと思っているのかしら？　こんな電話になんか、出なければよかった。

「まだ、リオにいるの？」

「さっきも電話をしたんだ」

「私は外出していたのよ！」

「それはわかっているさ！　どこに行ってた？」

「優しくお尋ねになったから、お答えするわ。自分のフラットへ行って、壁の塗り直しをしていたの」

「そうか、僕の家を出るのが待ち遠しくてたまらないんだな?」どなり声が耳をつんざく。

「出ていってほしかったら、いつでもそうおっしゃって!」アレシアも言い返した。

「じゃあ、僕らのちょっとした協定はどうなる?」

〝ちょっとした〟ですって!「協定を破るなんて、私、言ったかしら?」

「そんなこと、君はちらっとでも考えたことがないだろうな」トレントは疑わしそうにやり返し、命令を下すことに慣れた者の口調で要求した。「君のフラットの電話番号を教えてくれ」

とんでもない!「私、知らないわ」アレシアは甘ったるい声で言った。私のことに関するかぎり、二人の会話はこれで終わりだ。「体に気をつけてね」愛らしく言い添えて、荒々しく受話器を置いた。

ふん、いやな人! アレシアは食欲を失った。全身でトレントを憎みながら、ベッドに潜り込む。なによ、偉そうに。海外出張中だからといって、私が毎晩電話のお守りをするなんて、期待しないでほしいわ。明日はひと晩中帰宅しないことにしようかしら? 彼の反応が楽しみだ。

翌日のお昼休みにアレシアは外出し、キッチン用品を二、三点買いそろえた。戻ってくると、ニック・サンダースがちょうど彼女のオフィスに入ろうとしていた。

「やあ、君を捜していたんだ！」ニックは顔を輝かせた。

「今、見つけたでしょう」アレシアも微笑した。

「明日、僕と夕食を共にしてくれないかなと考えていたんだけど」ニックは言った。

彼を気に入ってはいるけれど、断ることに悔いはない。「ごめんなさい、別の予定があるの」

「その予定に僕は含まれていないんだね」ニックが芝居がかった身ぶりで落胆を示したので、アレシアは思わず笑いを誘われた。

「ええ、あなたがペンキ塗りの名手でないかぎり」そう答えてオフィスに入ろうとするアレシアを、ニックは再び引き止めた。

「君、壁を塗るの？」

アレシアはうなずいた。「私、フラットを借りたばかりなの。でも、壁の色が耐えられなくて」

ニック・サンダースの顔が笑み崩れた。「信じてもらえないかもしれないけど、僕はちょうど家の壁を塗り終えたところなんだ。僕は壁塗りの天才だよ」

一瞬、アレシアはあっけにとられた。「そんな話、信じないわ」さらりと言って、オフィスに入ろうと再び試みた。

「僕を試してみたら?」ニックが提案した。「君のフラットはどこにあるの?」

「私……」アレシアはためらった。今夜は、急いで帰宅すまいと心を決めている。明日も同じように強い意志を持っていられるかしら? 強い意志? なぜ強くなくてはならないの? ばかげているわ! 「そうね、名人のアドバイスを受けたほうがいいかもしれないわね」アレシアはついに認めた。

「僕がうってつけの男だよ」ニックはやる気たっぷりに微笑した。

熟練者の手助けが必要なことは、間違いない。その夜、壁の上で再びペンキローラーを動かしながら、アレシアは思い知った。明日の晩ニックとフラットで落ち合う約束をしていなかったら、ペンキ塗装職人を探すはめになったことだろう。

アレシアは疲れ、意気消沈してトレントの屋敷に戻った。彼が電話をかけてきますようにと願ったが、望みはかなわなかった。昨夜の会話のあとでは、当然だろう。彼はリオの美女のお相手に忙しいのよ。いまいましい人! ニック・サンダースと約束したのは正解だった。壁の塗り替えをするだけだとしても、少なくとも話し相手にはなる。

翌日の夜の七時半、ニックはフラットの玄関先に現れた。ペンキのはねで汚れたズボンとシャツで身支度を整えている。言葉どおり、彼はペンキ塗りの名人だということが判明した。二人でせっせと働いて夜も更けたころ、彼は言った。「今夜はこれ以上何もできないけれど、壁も天井ももう一度塗らなくてはならない。よかったら、明日また来るけど?」

アレシアは困惑を覚えた。やはり塗装職人を頼むべきだった。支払いを申し出れば、ニックは感情を害するだろう。「あの、私、明日はここにいないの。実家から運ぶ家具をより分けるから」

「ああ、君がまだ実家に住んでいたとは知らなかったよ」ニックは微笑した。「考えたら、まだ家具が入っていないんだから当然だよね。じゃ、明日の夜、一緒に食事でもどう?」

いえ、けっこうよ。「明日は忙しいと思うの」アレシアは苦しい言い訳をしたが、ニックが簡単にあきらめる男ではないことを思い知らされた。〝土曜が無理だったら、日曜はどう? 日曜日に来て、ペンキ塗りを続けようか?〟そう彼は言ったのだ。

ニックはアレシアを車まで見送り、彼女のほおにキスした。アレシアはしりごみした。しかし、ニック・サンダースはすぐに彼女の心の中から消えた。トレントは屋敷に電話をかけたかしら?

その週末、電話機は死んだように押し黙っていた。もっとも、アレシアが家にこもりきりだったわけではない。土曜の朝、彼女は実家を訪問した。母親は上機嫌だし、マキシーンの娘たちもお行儀がよかった。みんなが新しい状況に慣れたのかもしれない。

「あなた、カーテンやシーツやタオルのことは何も言わなかったけれど、一箱分詰めておいたわ」家具を選び出す間、マキシーンが言った。

「全部姉さんに返すわね」感謝を込めて、アレシアは約束した。「できるだけ早く……」

「急がなくていいのよ」マキシーンは嘆願するように言い、姉妹は声をあげて笑った。

今日はまずまず楽しい一日だったわと胸の中でつぶやきながら、アレシアはトランクに入れたカーテンやリネン類の箱とともにトレントの屋敷に帰り着いた。それなのに、いったいなぜ、こんなに落ち込んでいるのだろう？

トレントが電話をくれなかったからだ。いやだわ、私が気にかけるとでもいうの？ そもそも、彼の電話を期待してはいない。彼は五分おきに私に電話をかけるより、もっとましなことをしているわ。

日曜日、塗装はほぼ完成に近づいた。昼食はサンドイッチですませ、夜は古びたレンジを使ってアレシアが食事を用意した。そして、ニックにどうやって感謝を示すか、アレシアは再び胸を痛めた。

彼女は九時半には帰宅した。電話機はかたくなに沈黙を守っている。月曜日、家具の搬入を待つために金曜の午後の休暇を申請。火曜日、ニックが彼女の寝室の壁の、最後の仕上げをする。木曜日、ニックに手伝ってもらい、カーテンをつるす。その週、トレントは結局一度も電話をかけてこなかった。そして、アレシアは気にも留めなかった。なぜ、気に留める必要があるの？ ばかばかしいわ！

金曜の午後、アレシアは家具の到着を待っていた。さして興奮を感じない自分をいぶかしく思う。有頂天になって当然じゃない、まったく！　ここは私の初めての、私だけの家なのよ。なぜ、わくわくしないの？

トレントのことがあって、まだ正式に入居することはできない。でも、すぐに……。彼は一週間後には帰国するかもしれない。三週間といえば来週の日曜日だけれど、一日か二日、予定を早めることもありうる。

土曜日、やるせない焦燥感に耐え切れなくなり、アレシアはニック・サンダースの家に電話をした。「壁の塗り替えを手伝っていただいたお礼に、食事にお招きしたいの。今夜のご都合はいかが？」

「何時に？」アレシアが言い終わらないうちに、ニックは意気込んで尋ねた。

アレシアは時間を指定し、レストランで落ち合おうと言ったが、ニックは迎えに行くと言い張った。彼に電話などかけるのではなかった。アレシアは軽い後悔を感じた。

何点かの衣類をフラットに運び、そこでシャワーを浴びて着替えをすませた。ニックにトレントの屋敷まで送ってもらおうとは思わないので、今夜はフラットに泊まろうと心に決めている。

ニックは感じのいい男性で、料理はすばらしく美味、そして夜は楽しかった。食事が終わり、フラットに戻った時〝中でコーヒーをごちそうになろうかな？〟という彼の申し出を拒むのは、不作法に思われた。しかし、情熱に駆られてアレシアにキスしようと試み、彼女が顔を背けると、ニックはそれ以上求めようとしなかった。

日曜の朝フラットで目覚めた時、アレシアが心の目で見たのは、なぜニックの顔ではなかったのだろう？　目覚めると同時にトレントを思い、アレシアはついに事実を受け入れた。これこそ、私が取り乱し、落ち着きを失い、孤独感にさいなまれている理由だ。あの卑劣な、憎むべき男を、私は愛している！　彼を愛したくはない。しかし、もはや真実から逃れることはできない。

私はトレントを愛している――しばらく前から。で、彼は？　彼は受話器を持ち上げ、私に電話をかける気さえないのだ！

アレシアは早々とフラットを去り、トレントの屋敷に帰った。やはり、電話機は黙ったままだ。いいの、私、気に留めないわ。自分に言い聞かせる。彼を愛していようがいまいが、彼のベッドに入るつもりはさらさらない！

月曜日、アレシアは沈み切った気持でオフィスに向かい、パニックの発作に襲われた。トレントが電話をよこさないのは、私に興味を失ったから？　だったら、うれしいわ……いいえ、うれしくはない！　彼は帰国したら、私に出ていくよう要求するのではないかしら？　私よりもそそられる女性を、リオで見つけたのかもしれない。ああ、消えて、消えて、消えてよ！　トレント、お願い、私の心の中から、頭の中から、消えてちょうだい。ほかのことが考えられるように。

トレントを忘れようと試みるうちに、一日が過ぎた。今夜は早めにベッドに入ろうと決めて、アレシアは帰宅した。ゆうべは一睡もしなかったように感じられる。

電話機は沈黙を守り、アレシアはトレントを憎んだ。食欲を失ったのは、もちろん彼のせいだ。眠れないのも、彼のせい。彼女はトレントに悪態をつこうとして果たせなかった。彼を愛しているから。

背が高く、肩幅の広いトレントを、彼女は愛していた。あの人は下劣な男よ。彼の望みは、私をベッドに引っ張り込むことだけだわ。

下劣？　トレントは欲望を満たそうと、私を追いかけ回しはしなかった。キスだって快いものだった。

では、みだらな下心を抱いている？　私が彼のベッドに入ることを、トレントは確かに期待している。彼自身そう言ったも同然だ。ああ、でも、私は屈服しないわ。アレシアは目覚まし時計をちらっと見た。一時七分過ぎ。私は永久に眠らないのかしら？

彼女は寝返りを打った。それまで快適だったベッドが、急に岩の塊になったように感じられる。目を閉じたが、意識は冴え渡っている。また、目を開いた。一時八分過ぎ。

アレシアの考えが堂々めぐりをする一方で、眠りはますます遠ざかっていった。トレントのベッドに横たわれば、彼を身近に感じて眠りに落ちることができるのではないだろうか？　彼のベッドには入らないと決めていたにもかかわらず、アレシアの心の片隅で奇妙な思いつきが頭をもたげた。

ああ、なんてことなの！　トレントと知り合って以来、私は精神錯乱に陥ってしまったみたい。アレシアは目を閉じた。それから、また目を開けた。トレントのベッドに入ったら、私は協定の中の、私の義務を果たしたと見なされるかしら？

それはありえないとアレシアはわかっていた。彼に対する愛情が、とっぴな思いつきをさせたことも。しかし、眠れないままに時がのろのろと過ぎ、目覚まし時計の針が一時五十六分を示した時、アレシアは追いつめられていた。彼女はひたすら休息を求めてベッドから抜け出し、トレントの部屋へ向かった。

ドアを開けた。部屋は闇に沈んでいるが、街灯のおかげでダブルベッドがどうにか識別できる。アレシアはそこへ歩み寄った。どうしても眠りたい。私には忘却の眠りが必要だ。

アレシアは一瞬ためらったが、すぐにベッドに入った。トレントに知られることはないだろう。目を閉じ、心が安らぐのを感じた。羽毛のかけ布団の下に心地よくおさまる。トレント！　彼を身近に感じる。眠りに落ちる直前にアレシアが思ったのは、トレントのことだった。彼は知るよしもなかったが。

アレシアはぐっすりと眠った。最近は極度の不眠が続いていたのだ。すると、何かが彼女の安眠を妨げた。彼女はいぶかしげに目を開けた。小さな明かりが目に留まる。枕元のスタンドをつけた覚えはないけど……。

アレシアは明かりを消そうとして、寝返りを打った。そして、ショックのあまり気を失いかけた。彼女はひとりではなかったのだ。

がばっと起き上がり、ベッドから飛び出そうとした。しかし、トレントのほうがすばやかった。彼は片腕をさっと伸ばし、アレシアの体をとらえた。

「しっ、静かに。大丈夫だよ、パニックを起こすことはない」

「どうしてあなたがここにいるの！」あえぎながら、アレシアは言った。困ったわ、今のはトレントが言うせりふじゃないの！

「ここにいてよかったと僕は思っているよ」トレントはおどけた口調で答え、アレシアはわずかに平静を取り戻した。彼に知られることはないだろうなんて、とんでもない見当違いだったわ！

心臓は狂おしく打っているけれど、トレントに会えたのはすばらしい。そこに彼がいるだけで、胸をうずかせていた孤独感が、焦燥感が、ぬぐったように消えている。

「私……行かなくては」アレシアは口ごもった。ごく薄手のナイティをまとっただけの姿が、突然強く意識される。おまけに、トレントともみ合っているうちに肩ひもがずれて、今にも肩から滑り落ちそうだ。トレントの胸はむき出しで、かけ布団の下は、たぶん裸身に近いだろう。

しかし、トレントの腕はアレシアの体から離れなかった。「急ぐことはない。しばらくここにいて、おしゃべりしてくれよ」彼は平静に求めた。

「真夜中なのよ！」

「正確に言うなら、午前三時十分過ぎだ」

「ほら、ごらんなさい！」アレシアは叫び、トレントの腕から逃れようと再び試みて、果たせなかった。そして、自分自身の好奇心に負けた。「あなたの帰国は週明けだろうと思っていたわ。三週間お留守の予定だったでしょう？」

「予期したより早く仕事が片づいたので、早い便に乗ったんだよ」

「そうだったの。あなた、おなかはすいてない？」軽食を用意するためにキッチンへ行けば、威厳を損なわずにこの部屋から出ることができる。アレシアはふと、そんな奇妙な思いつきにとらわれた。

「そうかもしれないね。何を食べさせてもらえるのかな？」トレントは礼儀正しく尋ねた。だが彼の瞳の中をのぞいたアレシアは、そこにいたずらっぽい光がきらめいているのを見て取った。

「まあ、あなたって人は！」

トレントの部屋から、彼のベッドから、一刻も早く逃げ出さなくては。しかしより急を要するのは、そもそもなぜ私が彼のベッドにいたのかを説明することだ。湯たんぽが破裂したとか？ 今は夏の盛りなのに！「あなたが……気になさらないといいんだけれど。

私があなたのベッドを使ったことを」

「そうなることを、僕は願っていたよ」トレントは答え、アレシアは彼に深い愛情を覚えた。質問できるのにあえて質問せず、私の陥った苦境につけ込もうともしない。彼にとっては絶好のチャンスなのに。

「あなたのベッドを使ったのは、今夜が初めてよ」

「気にしないでいい。問題ないよ」トレントが優しくそう言った時、アレシアはいっそう彼をいとしく思った。続いて、彼はほほ笑んだ。「僕はずっと、君に会うのを楽しみに待っていたんだ。君がここにいてくれたのは、うれしい驚きだったよ。明日の朝まで待つ必要がなくなったもの」

君に会うのを楽しみに待っていた。それが私にとってどのような意味を持っているか、トレントは想像もできなかっただろう。「それは……それじゃあ……」ああ、ここにガウンさえ持ってきていたら！「私は朝が早いの……お願い、明かりを消して」

「ああ、内気なお嬢さん、君はすばらしいよ」トレントは彼女をからかい、さいなんだ。アレシアは耐えられなくなった。薄手のナイティ姿であろうとなかろうと、出ていこう。急いでベッドから抜け出そうとした時、トレントが片手を彼女の肩の上に置いて言った。

「君が行ってしまう前に、ただいまのキスをさせてくれる？」

彼の手が肩を焼くように熱く、アレシアは声を失った。それを、トレントは承諾と解釈した。彼が顔を寄せてきた時、アレシアは悟った。私はトレントにキスされたいと願っている、彼のキスに飢えている。

あいさつの軽いキスだったはずのものが、唇の短い接触を越えて燃え上がったのは、たぶんそのせいだろう。トレントの唇が触れたとたん、アレシアは片手を彼の肩の上に置いたが、彼を押し戻せなかった。そして、自ら身を引くこともできなかった。

彼女はトレントが押し殺した声をあげるのを聞いた。それから、彼はアレシアを腕の中に抱き寄せ、キスは深まった。

トレントに強く抱き締められてアレシアは思考力を失い、彼にしがみついた。あなたがいない間、寂しかった、寂しくてたまらなかった。あなたを愛しているわ。ほかのことはすべてどうでもいい。

狂おしく心臓が鼓動する。二組の手が互いに相手の背を、肩を愛撫する間に、アレシアのナイティはウエストのあたりまで落ちていた。彼女の上半身は、トレントと同じように、あらわになった。

「かわいいアレシア」胸を合わせながら、トレントがささやいた。アレシアの熱い胸のふくらみが彼の固い胸板に押しつけられた時、トレントは再び声をあげた。「アレシア、アレシア」あえぐように、トレントは彼女の名前を呼んだ。

もう一度キスしてから、トレントは彼女を少し押し戻した。両手で彼女を愛撫するために。アレシアは胸のふくらみが包まれるのを感じた。そして、それ以上のものを欲した。もっと、もっと。「トレント」アレシアは彼の名前を叫んだ。

「怖がらないで」アレシアの耳元に唇を寄せながら、トレントは優しくつぶやいた。

怖がってはいないわ。アレシアはそう言いたかったが、言えなかった。代わりに、トレントの首にキスした。トレントは彼女に回している両腕にいっそう力を込め、アレシアは彼の胸をなでたいという強い衝動に駆られた。

頭を下に傾けた。トレントはわずかに身を引き、アレシアは彼の胸に唇を押し当てた。そうすることが自然に思われたのだ。それから、乱れたブロンドの頭を上げて、臆することなくトレントの瞳の奥をうかがった。抑えがたい欲望のために燃えている瞳の奥を。

「君は美しい」トレントの熱い吐息がほおにかかり、次の瞬間アレシアは彼の手で横たえられていた。トレントは自らの裸身で彼女の体を半ば覆いながら、唇を重ねた。

彼の唇が固くなった胸の先端に滑り下り、それを口に含み、舌でもてあそんだ時、アレシアの情熱は炎のように燃え上がった。頭の中は、トレントと自分の内側の切迫した欲望を除けば真っ白だ。どうしたことか、ナイティはどこかに消えている。

私はトレントが欲しい。彼に奪われたい。アレシアはそのことを知っていた。彼がためらうようなら、私から求めるだろう。そして、トレントが彼女の胸から顔を上げてゆっくりと唇にキスした時は、歓びに胸を震わせた。いよいよその時だと直感する。しかし、トレントが片手をアレシアの腰の下にあてがって彼女をすくい上げようとした瞬間、遅ればせながら羞恥心が働いたのか、彼女はとっさに体を引いた。

「ごめんなさい」彼女は即座にわびた。一瞬の恥じらいが悔やまれる。だが、トレントは動きをぴたりと止め、うめきに似た声をもらすと、彼女を放した。

どうしたのかしら？　アレシアは理解できなかった。トレントが自分から離れ、ベッドの上で起き上がったのも理解できない。

「私、あなたを怒らせたかしら？」ああ、あなたを愛しているのよ、トレント。トレントはアレシアの顔を、それからむき出しになった胸を見ていたが、かけ布団を手に取ると、そっと彼女を覆った。

「アレシア」彼はおもむろに口を開いた。「再会のあいさつ代わりのキスにしては、なかなかのものだったね。しかし、君自身が言ったように、君は明日は仕事だ。あと二、三時間で起きなくてはならない」

わからない。こんなにもお互いに求め合っているのに。アレシアはまじまじとトレントを見つめた。「私……」わからないわと訴えようとしたが、彼は顔を背けた。

トレントはスタンドのスイッチを切った。その行為は、まるでアレシアのほおを打つかのようだった。経験がないせいで、私は間違いを犯したのだろう。トレントはもはや私を欲していない。明かりを消したのは、私が部屋を出やすいようにという配慮なのだ。

かけ布団をめくってもトレントが引き止めようとしなかった時、アレシアは彼の意図を確信した。落胆のあまり、声も出ない。彼女はそのまま足早に立ち去った。涙を見られては、プライドまでも傷ついてしまう。

8

もれそうになるむせび泣きを、アレシアはかろうじて抑えた。部屋に戻ると新しいナイティを身につけて、ベッドに潜り込んだ。しかし、眠れはしなかった。どうして眠ることができるだろう。こんなにも多くのことが心にのしかかっていては。

ああ、私はどれほど情熱的にトレントにキスを返しただろう。彼に奪われたいと私が願っていたことを、トレントは一点の疑いもなく知っていたはずだ。

そして、トレントの反応は？　私の中に抑えがたい欲望をかき立てたあとで、トレントは私から離れた。〝あと二、三時間で起きなくてはならない〟そう私に思い出させた。

でも、そもそも私がトレントの屋敷で暮らすはめに陥ったのは、彼が私を自分のベッドに入らせたいと望んだからだ。では、明かりを消して、私をそこから追い出したのは、なぜ？

つじつまが合わない。いったい、なぜ……。アレシアの思考は突然、停止した。彼女は息をのんだ。たった今思い浮かんだ、事の重大さに押しつぶされそうになる。ありうることだ――私が彼を夢中で愛していることを、トレントが察知しているとしたら。

まあ、そんなばかな！　アレシアはやっきになってそんな可能性を否定しようと試みた。しかし、考えれば考えるほど、その説明は筋が通っている。トレントは私を欲した。それは明らかだ。だとすると、ただ手を伸ばしさえすれば私は彼のものになっていたのに――恥ずかしいけれど、それは真実だ――トレントはなぜ、彼自身の欲望を拒んだのだろう？そう、その種のめんどうな事態を、トレントは望んでいなかったのだ。自分を愛してしまった女など、トレントは相手にする気がないに違いない。

思い悩んでいると、目覚まし時計が鳴った。隣室のトレントの眠りを妨げないように、アレシアはあわててそれを止めた。だが物音から察すると、トレントはすでに起き出しているらしい。だが一瞬後、その物音は隣室からではなく、彼女自身の部屋のドアから響いたことに気がついた。

トレントが入ってきた時、ほおが熱く燃えるのを感じた以外、アレシアの頭の中は真っ白になった。

トレントはガウンをまとい、紅茶のカップを載せたトレーを手にして、歩み寄った。彼がトレーを置いた時、アレシアはようやく口を開くことができた。「あなたはまだ眠っていなくては！」

「それが感謝の言葉かい？」トレントは気楽な調子で答え、アレシアのベッドの端に腰を下ろした。

心臓は狂おしく打っていたが、アレシアは強いてトレントと目を合わせた。「ありがとう」彼女はつぶやいた。身につけているナイティが、彼の部屋に残してきたものと同じようにあらわであることが、痛いほど意識される。

彼女は急いでかけ布団を引き寄せ、胸を覆った。そして、それをトレントがおかしそうに眺めているのに気がついて、彼を嫌いになりかけた。ああ、昨夜の私はどれほど内気だったことか！

「君はすばらしいよ。ほおを赤らめている時でさえ」トレントは穏やかに言った。

「トレント、私……」ああ、困ったわ。頭がすっかり混乱している。何を言えばいいのだろう？

「からかってごめんよ」彼はアレシアの苦境を救ったが、おどけた表情はすぐに真剣そのものの顔つきに変わった。アレシアはおびえた。「アレシア、僕らは二人で話し合うべきだと思う」

ああ、どうしよう！　私が彼を愛していることを、トレントは知ったのだ！　いいえ、知らないかもしれない。荷物をまとめて出ていけと彼が命じたわけではないから。彼は話し合いを求めているだけだ。私がどうしようもなく彼に夢中だということに、あるいは気がついていないかもしれない。

そう思ってもアレシアはやはり落ち着かず、筋の通った考え方ができるはずもなかった。考える時間が欲しい。「私、九時までに出社しなくてはならないのよ」彼女は急いで言った。

「今じゃないさ」考えている話題がなんであれ、彼はじっくり話し合う気らしい。「今夜だよ」

「ええ……いいわ」アレシアはしかたなく同意した。そして、トレントが腰を上げて出ていくまで、彼の長く強い凝視に耐えた。

喜ぶべきか悲しむべきか、その火曜日は猛烈に忙しく、アレシアは一日中、自分の問題にかかずらう余裕がまったくなかった。

五時十分過ぎにキャロル・ロビンソンとともに退社して、車の運転席に滑り込んだ。トレントの屋敷に向かってしばらく車を走らせた時、アレシアは急に気がついた。トレントと会う心の準備が整っていない。トレントと話し合う前に、彼が何を話し合いたいと考えているのか、事態を分析し、検討してみなくては。

彼女は遠回りして地階のフラットへ行った。アールグレーの紅茶をいれ、腰を下ろす。しかしすぐに立ち上がって、そわそわと歩き回った。冷静にならなくては。そうして一時間が過ぎたが、アレシアの考えはやはりまとまらないままだった。

紅茶はすっかり冷めてしまった。キッチンへ行き、もう一杯新しくいれ直す。トレントのことだから、帰宅が午前さまであっても、今日はオフィスに顔を出したに違いない。そして、勤勉な彼のことだから、屋敷に戻ってくるのは夜も遅いはず……。

玄関のベルが鳴り、アレシアは物思いを破られた。ニックじゃないといいけれど。今は彼を相手にする気分ではない。いや、隣人のひとりがあいさつに来たのかもしれない。

アレシアは玄関に出た。そして、気を失いかけた。訪問者はニックでも、隣人でもなかった。「トレント！」彼女は叫んだ。また顔を赤らめたかどうかは、よくわからない。内心激しく動揺していたことは確かだ。「あの……お入りになって」遅ればせながら、招き入れる。彼を居間のほうに導きながら、フラットの住所を彼に教えたかどうかさえ、アレシアは思い出せなかった。

「君はここに居心地よく落ち着いたようだね」トレントは平静な口調で言った。

どこか責めるような響きが潜んでいる。私を捜さなくてはならなかったことに、彼は不快感を覚えたのかしら？　アレシアの心臓の鼓動が速まった。それほど緊急に話し合う必要があることって、いったい何？　「実は、家具はマキシーンのものなの、ほとんどが。あの……私、あなたにここの住所をお教えしたかしら？」

「君は言わなかったよ。君のお姉さんが教えてくれたんだ」

「マキシーンが？　あなた、姉に連絡を取ったの？」信じられないという表情で、アレシアはまじまじとトレントを見た。

「君が帰宅する気配がなかったからね。君の実家に電話をかけたら、お姉さんが電話に出て、このフラットの場所を教えてくれた」

「姉は何も質問しなかった？」

「僕はしばらく海外に出張していたので、君に連絡を取りたいのだと説明した。お姉さんは僕に小さな借りがあると思っているようだよ」トレントがマキシーンとその娘たちのためにしたことを思えば、小さな借りどころではないはずだ。「話してくれないか、アレシア。君は何を怖がっている？」

アレシアは茫然とトレントを見つめた。彼は冷静そのものだが、彼女はおびえていた。

「別に、何も」

「嘘をつくんじゃない。君は……」だれかが玄関のベルを鳴らし、トレントは途中で言葉をのみ込んだ。それがだれであれ、アレシアが今ほど訪問者を歓迎したことはなかった。

「ちょっと失礼」アレシアは大急ぎで玄関ホールに出ていき、そこにニック・サンダースを見つけた。彼はワインのボトルを片手に、後ろ手にドアを閉めようとしている。

「君のベッドルームにおける僕らの努力に祝杯をあげようと思ってね。つまり……」満面に笑みをたたえたニックがボトルを高々と掲げた時、居間から怒声が響いた。アレシアが訪問者を歓迎するという考えを改めた次の瞬間、激怒したトレントが二人に加わった。

「いったい、君は何者だ？」トレントはアレシアが説明する前に、訪問者に頭ごなしの質問を浴びせた。ニックがすぐに返答しなければ、彼をノックアウトしかねない鼻息だ。

アレシアのフラットに思いがけず見知らぬ男を発見して、ニックはひどく動揺した様子だ。「ニック・サンダース。彼女の友人ですよ」答えてから、気を取り直して逆に質問する。「あなたは?」

困ったことに、トレントの態度が軟化した様子はまったくない。けれど、彼はまだニックをノックアウトしそうにないから、希望はある……そうだといいけれど。「僕? 僕はたまたまミス・ペンバートンが一緒に暮らしている相手さ」トレントはずけずけ言い放ち、アレシアは自分自身だれかをノックアウトしたい誘惑に駆られた。

ニックは仰天した。「君はこの人と暮らしているの?」茫然として尋ねる。「でも、先週は……」

「先週、僕は出張して留守だったよ!」トレントが横からどなった。

ニックは雷に打たれたかのようだ。「その話、ほんとうなの?」彼はアレシアに問いかけた。

否定はできない。「ええ」アレシアはみじめな気持でつぶやいた。今ではトレントを憎いと思う。

ニックは納得したようだ。「ありがとう!」苦々しく叫ぶなり、出ていった。

アレシアはやりきれない思いだった。憤りが込み上げる。彼女はトレントを振り返るなり、言葉を浴びせかけた。「あなたにはとっても感謝してるわ！」

トレントは彼女の憤りを無視した。「ここには僕の知らない秘密があるのか？」そっけなく尋ねる。

「いいえ、何も！」アレシアは言い返した。

「じゃあきくけど、このフラットの住所を知るために、僕は君のお姉さんに電話をかけなくてはならなかった。だが、あの男は知っていた。しかも、君のベッドルームで二人がしでかしたことに祝杯をあげる気でいたのは、どうしてなんだ？」

あなたなんか地獄に落ちればいいんだわ！　アレシアはそう言ってやりたくてたまらなかった。しかし、挑発的な言葉を浴びせれば、のどを絞められそうで怖かった。

「私がそんな女じゃないことを、あなたはだれよりもよく知っているはずよ！」激しく言い返したものの、昨夜の自分の奔放なふるまいを思い出すと、無力感に襲われる。「ご参考までに言うと、ニックはベッドルームの壁の塗り替えを手伝ってくれたの。実のところ、仕事のほとんどを彼がしてくれたわ。いやな色だったの」

「ご親切なことだね」なんて皮肉っぽい人なの！　「それで君は今夜彼を招待し、くつろいで……」

「いいえ、招待はしていないわ！」アレシアはかっとなった。私は何も間違ったことはしていない。間違いを犯したのはトレントだ。独断的なトレント・デ・ハヴィランドだ。

「私をこんなに安っぽい女に仕立て上げる必要がどこにあったの？　どこにあったのよ？」

「安っぽい？　僕の言ったことのどこが……？」

「ニック・サンダースはゲール・ドリリングで働いているのよ！　私があなたと一緒に住んでいると彼に言ったことは、私の同僚全員に言ったも同然だわ。だれもが……」

「で、君はそれを恥じているのか？　僕と暮らしていることを？」トレントは激怒して詰め寄った。返答しだいでは、修羅場になりそうだ。

「ほかにどう感じればいいの？」アレシアは退却を拒んだ。「あなたと同棲していると誇らしげに言いふらすべきなの？　私のすばらしい幸運を？」彼女はひと息入れた。まゆを寄せたトレントの険悪な表情から、自分が言いすぎたことを悟ったが、止めることができない。「あなたの愛人になることが私の究極の目的と思っているのね？　とんでもないわ、おあいにくさま。あなたから解放されしだい、私は……」

そこで、トレントはアレシアを黙らせた。「もう解放されたと考えるがいいさ！」彼は叫んだ。「君はまだ、僕の愛人ではない。しかし、それで君の評判が地に落ちるのなら、かまうものか！　ここに住めばいいさ、スイートハート」彼は歯ぎしりした。「持ち物を取りに僕のところに来る必要もない……ここへ送らせるよ！」それを捨てぜりふに、トレントはアレシアの前をすり抜けて去った。

アレシアはむせび泣いた。なんてひどい男だろう。すべてが終わったのだ。そして、これほど深い悲しみにとらわれたのは初めてだった。トレントに対する怒りはすぐに消えた。しかし、彼に浴びせた言葉の数々を撤回するには、すでに遅すぎた。

翌日の夕方、アレシアが会社からフラットに帰った時、スーツケースは届いていなかった。彼女は椅子に浅く腰をかけ、配達人の足音がしないかと耳を澄ましながら、夜遅くまで起きていた。トレント本人が再びやってくることは、ほとんど期待していない。実際、彼は現れなかった。だれも現れなかった。彼女はとうとうあきらめてベッドに入った。トレントに会いたいと切なく願いながらも、もう終わったことを受け入れなくては、と自分に言い聞かせて。

木曜日の昼休みに、アレシアはブラウス一枚と下着類を買った。帰宅してみると、やはり荷物は届いていない。

時計の針が動くのを見つめて長い夜を過ごすのは、もうたくさん！　金曜日にアレシアはそう思い決めた。彼女はフラットに寄ってから――荷物はやはり届いていない――母の家に向かって車を走らせた。そこにはまだいくらか衣類が置いてある。トレントの屋敷に残してきたものが速やかに送り返されてこないかぎり、衣類が必要になるはずだ。

奇妙だわ。車を運転しながら、アレシアは胸の内でつぶやいた。火曜の夜のトレントの激怒ぶりから見て、彼はすぐにとって返し、私の持ち物をフラットの玄関先にたたきつけるだろうと思ったのに。

マキシーンとその娘たちは、アレシアを迎えて大喜びした。エリナーも皮肉やいやみを最小限に控えようと努めている様子だ。「そろそろ衣類の残りを運ぼうと思ったの」居間に腰を下ろし、お茶を飲みながら、アレシアは言った。今はちょっと落ち込んでいるにしても、母の家を出たのはやはり正しい決断だったと、あらためて思う。

「よかったら、お手伝いするわ」姉が申し出た。

「私も！」二つの幼い声が同時にあがった。

「あなたたちは、おばあちゃまとお話のご本を読むお約束でしょう」マキシーンは娘たちに思い出させた。

「ポリーもすっかりいい子になったわね」マキシーンと二人で衣類を畳んで袋に詰める間、姉の末娘は天使のようにおとなしくしていた。

「トレント・デ・ハヴィランドから連絡があった？」ふと、姉が尋ねた。

アレシアはうなずいた。「お姉さん、彼に私の住所を教えたでしょう。どうもありがとう」

「教えてよかったのかしら？　私……」

「もちろんよ。感謝しているわ」アレシアは姉を安心させたが、彼についてそれ以上何か言うのは避けた。言えなかった。「お姉さん、最近はいかが？」

「少しずつよくなってきたわ」マキシーンはにっこりした。「驚かないでよ。お母さんはね、機嫌のいい時には、サディとジョージアの扱いがすばらしく上手なの。家は買い手がついたし、キースは生活費を送ってくれるようになったわ」

「彼、新しい仕事に就いたの？」

「ええ、いい条件で。中東の会社よ。以前とは職種が違うけれど、高給なの」

アレシアは思い出した。キースはたしか、土木工学の学位を取得しているはず。財務部門で働くよりは、たぶん誘惑が少ないだろう。

アレシアは母に頼まれて夕食につき合ったが、フラットに向けて車を走らせるころには、例によってトレントのことを考えていた。私は彼とベッドを共にしていないから、キースを告訴しないという約束は無効だとトレントは考えないかしら？　でも、それは彼の決断ひとつにかかっていたのよ。あきれたことに、私のほうはその気充分だったもの。不安な思いが胸をよぎったが、彼女はすぐに打ち消した。なぜか、トレントが信じられる。私と彼の間に何が起こったにせよ、いや、起こらなかったにせよ、トレントが弁護士に電話をかけ、あらためてキース告訴の指示を出すことは考えられない。

土曜日、トレントはやはり彼女の頭の中にいた。二人で話し合いたいと彼は言っていた。アレシアはごくりとつばをのみ下した。彼が何を考えていたにせよ、それはとっくにごみ箱行きになっているだろう。

その土曜日はとりわけ長く感じられた。一日ずっと部屋に閉じこもっていたが、もちろんトレントが訪れるはずもない。いったいいつになったら、このやるせない喪失感が薄らぐのだろう？　アレシアはいぶかった。

日曜日も変わりなかった。アレシアはまたしても、最後にトレントと会った時のことを思い返した。ああ、私を安っぽい女に仕立て上げる必要がどこにあったのなどと、どうして彼を非難できたのだろう？

彼に対する熱い思いを見透かされたのではないかと恐れていたけれど、結果はどうかしら？　たとえトレントが私の恋心をうすうす察していたとしても、あの〝安っぽい〟非難を耳にしては、勘違いだったと思い直したに違いない。

その点でプライドが救われたことはうれしかったが、アレシアはづいに認めなくてはならなかった。かつては自分だけの住まいが欲しいと思ったものだが、今ではまったく違う。私が望んだのは、トレントと一緒に暮らすことだ。そして、アレシアは悟った。火曜日にトレントが去った時以来感じていたとおり、彼がこのフラットを訪れることは二度とありえない、と。

二週間ばかり南アメリカに出張していたから、彼は仕事がたまっているだろう。早朝出勤して深夜帰宅するトレントを思うと、アレシアは胸が痛んだ。彼の世話をしてあげたいと思う。許してくれるはずはないけれど……。そんな願いを聞いただけで、彼は笑い飛ばすに違いない。でも、仕事に追われていては、私の持ち物をスーツケースにほうり込み、タクシーに乗せて送り届けさせる余裕さえないのかもしれない。

来週には、トレントがその気になってくれるといいのに。それまでに……それまでに、私がトレントの屋敷に出かけて、持ち物を引き取れば別だけど。なぜ、そうしてはいけないの？　一瞬後、アレシアはその思いつきを退けた。とんでもない！　あなた、プライドのかけらもないの？　彼女は思い知った。トレントに会いたいという切望の前には、プライドさえも屈してしまう。いいえ、やめるのよ。そんなばかげたことを考えるのは！

アレシアは散歩に出かけた。そして、胸の中で激論を闘わせている自分に気づいた。衣類を取り戻すために、なぜトレントの屋敷を訪れてはいけないのかしら？　衣類は私のものだし、替えのスーツも必要だわ。

スーツはもう一着買えばいいのよ。彼女はそう反論してフラットに帰った。たとえ訪ねていっても、トレントは留守かもしれない。彼は、働く時は仕事に熱中する。だから、今ごろは遊びに熱中しているだろう。きっと、なまめかしい美女と一緒に！　アレシアは苦痛を覚え、そのイメージを心の外に追いやった。私は彼の屋敷のキーを持っているじゃない。いいえ、絶対に行かないわ。

これ以上は耐えられないとアレシアが自覚したのは、たそがれ時だった。トレントへの思い、彼に会いたいという切望、残してきた持ち物が、力を合わせて彼女を一日中激しく攻めたてた。プライドが入り込む余地は、もはやなかった。必要なのは行動だ。行かなくてはならない、何かを達成したと感じるためだけであっても。

　屋敷の外で車をとめようとした時、アレシアは悪魔のささやきを耳にした。〝トレントは外出してはいない。中で女友達を歓待しているところさ！〟彼女は反射的にアクセルを強く踏み込み、走り去りたい衝動に駆られた。しかし、トレントのすぐ近くにいるという思いが、アレシアを引き止めた。彼女は何者かに操られているようにふらふらと車の外に出ると、玄関に続く石段を上った。

　キーを使って入るのが侵入のように感じられて玄関のベルを鳴らした時も、その何者かがアレシアを操っていた。そして次の瞬間、彼女は逃げ出したくなった。最初に電話をかけるべきだった……。彼は留守かしら……。ああ、どうしよう、だれかがやってくる！

9

永遠とも思われる時が流れて、アレシアの緊張が耐えがたいほど高まった時、ドアが内側に引かれた。トレント！　胸が詰まって、アレシアは数秒間ひと言も発することができなかった。再び彼を目にすることができて、ただひたすらすばらしい。

トレントはにこりともせず、突っ立っていた。歓迎のあいさつもしなければ、消えうせろとも言わず、黒っぽい瞳をぴたりとアレシアの顔に向けている。

懸命に自制して、アレシアは切り出した。「ご迷惑でした？　お客さまかしら？　私、先に電話をかけるべきだったわ」ああ、私はどうでもいいことをまくし立てている。トレントは頭のいい人だ。私が神経過敏になっていることを見抜くだろう。「あのう……私、出直します」アレシアが身を翻そうとした時、トレントが電光石火のすばやさで彼女の行く手をさえぎった。彼はアレシアの腕をつかんで引き止めた。

「せっかく来たんだ、入ったらいいじゃないか」トレントはさらりと言い、アレシアは彼に腕を引っ張られて中に引き入れられた。

「あの、私……お邪魔じゃありません？」トレントがドアを閉めて腕を放した時、アレシアはぎこちなく尋ねた。

「いや、全然」トレントは平静に答えて、アレシアを居間に導いた。

「お邪魔したくないんです。私はひとりで二階に上がり、荷物を……」

「君は邪魔をしてはいないよ、アレシア。荷物は後回しでいい。まあ、かけたまえ。そして、話してくれないか。この四、五日、何をしていた？」

最近の行動を話せば、トレントは死ぬほど退屈するだろう。しかし、心弱くも、アレシアは手近のソファに歩み寄り、腰を下ろした。「私は……ええと、特別なことは何もしていないわ」口ごもりながら、室内を見回した。この部屋の様子を覚えておきたい。自ら科す罰かもしれないけれど、この部屋の中、向かいのあのソファのところにいるトレントを心に刻みつけたい。

「ひと晩も外出しなかったの？」

「金曜日に母のところへ行ったけれど」

「お母さんはお元気かい？」

「あなた、気にしてるの？」

トレントは声をあげて笑った。アレシアはそんな彼が大好きだった。彼女は、気持が少し楽になるのを感じた。

「飲み物をどう？　コーヒーでも？」

「ありがとう。でも、けっこうよ」彼を愛していない時があっただろうか？　とても思い出せない。「あなたはお忙しかったんでしょう？」

トレントは肩をすくめた。「君が知っているとおりさ」もうひとつのソファのひじかけに腰を下ろして、彼は答えた。

アレシアはこれ以上礼儀正しい会話を続けることに困難を覚えた。「私、二階へ上がって、荷物を……」そう言いかけ、トレントにさえぎられた。

「先に話し合うべきだと僕は思う」

アレシアはびっくりして彼を見つめた。トレントも世間話にはあきあきした様子だ。では、徹底的な話し合いを求めているのだろうか？　火曜の朝、言っていたように。不安が一気に増幅された。「あんなことがあったあとでは……話し合うべきことは、もう何もないと思うけれど。すべてが解決したはずでしょう」やはり、ここへ来るべきではなかった。私の理性はどこへ行っていたの？　感情に流されてはいけなかったのに。

「僕らは何も解決していないよ」

彼を愛していることを見抜かれたかもしれないと思うと、アレシアは激しい動揺を覚えた。「あら、私は……」彼女はそこで口をつぐんだ。厳しいこともあるが、トレントは冷酷な人間ではない。彼に対する私の思いを、おもしろ半分に話題にすることはないはずだ。

たとえ私が〝安っぽい女に仕立て上げる必要がどこにあったの?〟などと彼を非難し、怒らせたとしても。アレシアの推理は別の道筋をたどった。「それ、私の義兄に関係があることかしら?」

「君のお義兄さん?」トレントはいぶかしげだ。

　極度の緊張にもかかわらず、アレシアは小さな笑みを見せなくてはならなかった。「私、疑ったの――ほんの少しだけど。私はあなたと一緒に住んでいないうえに、あんなできごとがあったから……あなたは私が協定を、ほら、キース・ローレンスを告訴しないための協定を、破ったと感じるんじゃないかしらって」

「ほんの少し? 少なくとも、君はその程度は僕を信用していたわけだ」トレントは皮肉っぽく答えたが、アレシアの言葉に自信を得たように見えた。何についての自信なのかは、わからなかったが。穏やかにアレシアを眺めたあとで、彼は言い添えた。「僕の大切なアレシア、君のお義兄さんの問題はしばらく前から重要性を失っているよ」

　その時、アレシアの頭にふと奇妙な考えが浮かんだ。トレントは私に負けないくらい緊張している。ばかばかしい! どうして彼が緊張するの? しっかりしなさい。「ほんとう……ですか?」彼女はぎこちない口調で言った。〝僕の大切なアレシア〟という呼びかけをどう思えばいいのかも、わからない。愛情を示す呼びかけのようには聞こえなかった。まあ、おやめなさい。いったいどうして、愛情を示す呼びかけを期待するの?

「最初は重要な問題だったよ。しかし、目下の問題は……」トレントはいったん言葉を切ってから、おもむろに締めくくった。「君、そして僕だ」

恐怖に駆られて、アレシアは一瞬腰を浮かせた。しかし、かろうじて踏みとどまり、どうにかおびえを隠しおおせた。

「わかりますわ」少しでもプライドを保ってこの屋敷から立ち去るためには、私がトレントを愛していることを、彼に悟られないようにしなくてはならない。「私、失礼なことを言ってしまって……あの、火曜日に、私のフラットで……」

「僕が君を安っぽい女に仕立て上げてるって言ったこと？」

「ごめんなさい。あんなことを言って、後悔しています」

「本気じゃなかったの？」

今こそほんとうのことを言わなくては。「私……近ごろではだれもかれもが同棲（どうせい）しているってことは、知ってるわ。でも、私は一度もそうしたことがないの。たぶん、育ち方のせいじゃないかしら。よくわからないけれど。そして、あなたと私が一緒に住んでいること自体はまったく気にならなかったのに、あなたがほかの人にその事実を告げることには……そのう、心の準備ができていなかったの。困ったわ、うまく話せない……」

「それは、君が不安を感じているからさ」

「お察しのとおりよ」アレシアはみじめに認めた。

「慰めになるかどうかわからないけど、実は僕も、口で言ってるほど自信があるわけではないんだ」

アレシアのすみれ色の瞳が大きく見開かれた。信じられない。いつだって、トレントは自信に満ちているのに。そうはいっても……何かがある。説明しがたい何かが。腰かけた姿勢にも張りつめた緊張感が漂っている。それはいったい……。「あなたは、何に不安を感じているの？」

「この話し合いだよ」トレントは即座に答えた。「火曜日の朝、僕は思った。話し合いなしですませるには、僕らは深入りしすぎている、と。今でもそう思っている。その話し合いが怖いのさ」

アレシアの記憶は火曜日の朝の場面にフラッシュバックした。あの時、ただ手を伸ばしさえすれば私はトレントのものになったのに、彼はそのチャンスを退けた。「あなた、確かなの？　私が今すぐ荷物をまとめ、静かに出ていくことを望んではいないっていうのは？」

「ああ、確かだとも」トレントはきっぱりと答えた。アレシアはわからなくなった。もしそうなら、彼はなぜ不安を覚えているのだろう？

大変！　トレントはてこでも動かない決意みたい。アレシアはつばをのみ込みたかったが、我慢した。話し合いなしですませるには、僕らは深入りしすぎているという彼の言葉が、重く心にのしかかっていた。けれども同時に、ここに残って彼の言い分を聞きたい気持がないわけでもない。〝話し合い〟なるものは、どうにか切り抜けることができるのではないだろうか。ただし、トレントが南アメリカから帰国して、彼のベッドの中にいる私を発見したあの朝のできごとを、話題に持ち出さないかぎり。

「あのう……どこから始めたいの?」

トレントは黙って彼女を見ている。アレシアがいたたまれなくなったころ、彼はようやく答えた。「僕らが初めて出会った時からだな」

「チャップマン夫妻の、銀婚式の祝賀パーティね? あなたがやってきて、自己紹介したわ」

「あの前から、僕は君のさまざまに変化する表情を見つめていたんだ」アレシアの顔に強いまなざしを注いで、彼は静かに続けた。「それまで目にした中で君がもっとも美しい女性だと思ったよ」

アレシアは目を丸くした。口がからからに乾いている。何か言いたい……。けれど、心から愛する男性に〝君がもっとも美しいと思った〟と告白されて、何が言えるだろう。

「私たち、ダンスをしたわ」彼女は苦しまぎれに言った。

「ああ、そうだった」トレントはひとり言のようにつぶやいた。「僕は決して忘れないだろう、腕に抱いた君がどれほど温かく、生き生きとして、魅力にあふれていたかを」

アレシアの瞳はますます大きく見開かれた。口もあんぐり開いていたかもしれない。トレントに抱き締められたことを、そして初めて味わった、息もつけない、うずくような感覚を、彼女は鮮明に思い出した。「それからすぐに、あなたはお帰りになったわ」頭をはっきりさせておかなくては。トレントは、いまだに人の頭を混乱させる名人なのだから。
「気がついていたの？」トレントは満足そうな様子だ。失敗したわ！　気をつけなくちゃ。
「たまたまね」アレシアはさりげなく答えた。そして、トレントの唇の端がぴくぴく震えるのを見て、すぐさま出ていこうと決心した。

だが、彼女はとどまった。そうしてよかったと思った。トレントはこう言ったのだ。
「僕はあの場にいられなかったんだよ、アレシア。僕は自分を情に流されることのない科学者、論理的思考をする人間だと自負していた。ところが、どうだ。君をひと目見るなり、君と一度ダンスするなり、頭がぼうっとして、論理的思考がまったく不可能になってしまった」

まさか！　唖然(あぜん)として、アレシアはまじまじとトレントを見つめた。「あなたは……ひどく私を混乱させるわ」かすれ声で言ったが、実際に混乱しているので、しゃべったという自覚さえない。

トレントは身を乗り出した。アレシアは本能的に身を引いた。「君を傷つけはしないよ」彼は急いで言った。

その保証は遅すぎた。アレシアはすでに傷ついていたのだから。しかし、それは彼女自身の問題であり、トレントがその痛みに触れることは望まなかった。彼女はトレントの気をそらすために、急いで言った。「あなたは電話をくれたわ。二日後に、私に電話をくれたわよね。ディナーに誘ったのよ」

「僕は君にノーと言うチャンスを与えなかった」

トレントは気をそらしてくれたわ！　アレシアの呼吸は少し楽になった。「次の日、私はあなたに電話をかけて、招待をお断りするつもりだったの。でも、電話番号がわからなくて。あの日は、そのまま家に帰ってしまったの。すると、あなたが私を訪ねてきた……」

「あの晩、僕は君について多くのことを発見したよ。君の家族についてもね」

「私の家族のことで、あなたに謝罪するつもりはないわ」アレシアはいくらか鋭く言った。

「謝罪してほしくはないさ」

アレシアはすぐに口調を和らげた。「そうね、私、義兄のことでは謝るべきかも……」

「それだけはやめてくれ」トレントはすばやく命じた。「彼がいなかったら、僕がなしとげようと試みているこのことには、より多くの困難が伴ったはずだから」

「あなた、彼にお礼状を送りかねないわね」アレシアは皮肉たっぷりに言った。ええ、私は確かに神経過敏になっているわ。だけど、私の記憶が正しければ、トレントがなしとげようと試みているのは、私を彼のベッドに入らせること。でも、言わせてもらえば、私は彼のベッドに入ったのよ。そして、彼が私を拒んだのよ！

「おやおや」トレントの声が彼女のみじめな物思いを中断させた。「神経をぴりぴりさせているのは、僕だけではないらしいね」

「まあ！」アレシアは鼻で笑ったが、やがて好奇心に屈した。「私があなたの、あの……提案に速やかに応じないかぎり、あなたの会社はキース・ローレンスの責任を追及するはずだったわ。だから……つまり、どうして？」まったくわけがわからない。トレントは、義兄が会社の金を横領したことを喜んでいるようだ。「私、また混乱してしまったわ」

「それは僕の責任だ」驚いたことに、トレントは潔く認めた。「君のせいで僕は明快な思考力をほとんど失ったが……」アレシアは目をぱちくりさせたが、彼はかまわず続けた。「しかし、もつれた糸を解きほぐし、すべてを明らかにしようと試みている。そうすれば……」適切な言葉を探しあぐねたように、彼はアレシアから視線をそらした。

「私たち、なんだか泥沼にはまったみたいね」トレントを助けたいと思う反面、彼を愛していることは絶対に見透かされたくない。アレシアは、まだ気づかれていないのではないかと淡い期待をつないでいた。「あのう、私たちのこの話し合いは、なんの成果も……もしあなたがやめたいのなら、私……」

「とんでもない」トレントはにべもなく拒絶した。「すまない。僕を許してくれ、いとしい人」この十五分の間に二度も愛情を示す言葉で呼びかけられるなんて。アレシアがショックから立ち直ろうと努めている間も、トレントは続けた。「何度も繰り返し練習したのに、やっぱりうまく言えない」

アレシアのすみれ色の瞳が大きく見開かれた。トレントはほんとうに強い緊張を覚えているらしい！「練習したことはきれいに忘れて、率直に言ってしまったらどうかしら？何があなたを、その……悩ませているのかを」

黒っぽい瞳がアレシアの繊細な表情を探るように見ていたが、やがてトレントは穏やかに微笑した。「君が僕を悩ませているんだよ、アレシア・ペンバートン」彼は言った。「初めて出会った時から」

「まあ」アレシアの心臓が早鐘のように打ち始めた。

「そして、僕は告白するが、君の義理のお兄さんに感謝しなくてはならないわけがある」

「でも……彼はあなたからお金を盗んだのよ！」

「同時に、君を僕のところへ来させるきっかけともなった。彼の問題がなかったら、あの土曜の夜、僕の架空のパーティへの招待を、君は決して承諾しなかっただろう」

「架空の？」アレシアは問い返す。「お友達がパリで立ち往生したって、あなたはそう言った……」

「嘘(うそ)をついたんだ」

「嘘ですって?」アレシアは息をのんだ。

「しかたがなかったんだよ、アレシア。僕のいとしいアレシア」ああ、助けて！　彼がやめないと、私の心臓は口から飛び出してしまうわ。あの表情、あの口調で言われたら。

「僕は二日間イタリアに出張し、金曜日に帰国した。そして、君に会いたい一心で、電話をかけた。実は、あの夜すぐにでも君を連れ出したかったんだよ。しかし、君はすでにデートの約束があった」

「デートの約束なんてなかったの」アレシアはとっさに否定した。彼女の思いはまだ、あの魅惑の言葉にとらわれていた。彼は私に会いたいと切望したのよ。純粋な欲望のせい？　それとも、もしかしてトレントは私を……？　まあ、ばかなことを考えないで。もちろん欲望のせいに決まっている。

「あれは嘘だったのかい？」

「私、そう言った？」混乱して思い出せない。

「君は……ほのめかしたよ。デートの約束があると。控えめに言うが、僕はひどく動揺した」

「動揺した？」

トレントは数秒間、アレシアの顔に見入っていた。「ああ、かわいいアレシア、君はさっぱりわけがわからない。そうだろう?」

「ええ、まるで」かわいい？　何が起きているのかしら？　めまいがしそう。「もう少し話してくださっても、私はかまわないわ」

トレントが向かいのソファのひじかけから腰を上げ、彼女が座っているソファにやってきた時、アレシアは懸命に平静を装った。彼はアレシアのほうに向き直り、にこりともしない顔をしげしげと眺めてから、話の続きに入った。

「あの金曜日、君は外出した――いや、僕はそう思い込んだ。そして、アレシア、君は僕と僕のあらゆる思考との間に割り込んできた」

「私が？」アレシアはあえいだ。

「君がさ」トレントはうなずいた。「僕は生まれて初めて、理路整然とものを考えられないことに気がついた。そこで、警戒の必要性を感じたのさ」

「そうだったの」あいづちを打ったものの、やはり理解できないことに変わりはない。

「あの金曜の夜、僕は警戒の必要性を感じながらも、君に会いたくて気がおかしくなりそうだった。で、翌晩のちょっとしたパーティをでっち上げた」

「だけど……だれも招待しなかったのね？」

「招待はたやすくできたよ、君がイエスと言ってくれさえしたら。土曜の夜玄関に急ぎながら、僕は一瞬の判断を迫られた……。そして、君がいた」

「あの日、パリはきっと霧に包まれてはいなかったのね」アレシアは力なくつぶやいた。

「たぶんね。しかし、君は来た——ここへ、僕の家に。必要なら、僕はどんなひどい嘘でもついただろう。あの夜君が現れなかったら、僕は月曜日に君のオフィスをぶらっと訪ねるつもりだった」

あっけにとられて、アレシアはまじまじと彼を見た。そんなに私に会いたかったとは。

「でも……その必要はなかったのね。私はあなたの〝パーティ〟に出かけていったし、そのうえ、月曜の朝にはあなたに電話をかけたから」

「ああ、そうだとも。いとしい人、君はそうした」トレントの言葉はアレシアの鼓動を少しも静めなかった。「僕はあの日、二度君と会った。最初は僕が君の陥った苦境を聞くために、そして、二度目は君が僕の解決案を聞くために」

「私は確かにそれを聞いたわ！」アレシアは叫んだ。多少鋭い口調になったのはしかたがない。

「君は怒って当然だ」トレントは認めた。それから、アレシアが逃げ出すのを恐れるかのように、彼女の両手を固くつかんだ。「だが、僕は君の許しを請うことはできないよ。必要なら、今でも同じことをするだろうから」

「同じことを？」アレシアはおうむ返しに尋ねた。その気になればやすやすと私を奪えたのに、トレントはそうしなかったのだから、彼の今の言葉は意味をなさないように思われる。「欲望っていうのは……奇妙な代物ね！」

「待ってくれ、欲望だけではないんだ！」トレントは熱っぽく言った。

アレシアは唖然として、彼を見つめた。「そうではなかったの？」

トレントはアレシアの顔に見入った。「ああ、いとしい人、僕はそれほど巧みに隠しおおせたのかい？　君はまったく気がつかなかった？」いったん言葉を切ると、彼はアレシアの両手を握り締めて、きっぱりとした口調で再び始めた。「かわいいアレシア、僕は君が僕と一緒に暮らすことを望んだ。僕は君に欲望を抱いた――もちろん抱いたとも。それは確かだ。でも、それだけじゃないんだ」

アレシアは言葉を発することが怖かった。欲望だけではない？　では、何かしら？

「僕は君が信頼してくれることを望んだ」トレントは続けた。「何よりも、君が僕を信頼することを望んだんだよ」

「信頼？」アレシアはやはり、のみ込めなかった。

「あの提案を持ち出す前に、僕はすでに君の家族と会っていたよね？　そして、君は家を出て自立する計画を僕に話した。アレシア、僕にとって、お互いの理解を深めることがとても重要だった――他人の影響が及ばない状況下で」

お互いの理解を深めることが、彼にとって重要だった！　心臓が再び激しく打ち始める。

アレシアはつばをのみ込んだ。トレントが優しくほほ笑むのを見て、神経過敏になっているのを見透かされたことを悟った。

「他人の影響？」彼の言葉じりをとらえたものの、手の甲でそっとほおをなでられて、アレシアは背筋に震えが走るのを感じた。

「君へのしつけ、君が育った憎しみに満ちた家庭環境――僕はそれに気がついていた」

「母は……」

「彼女は君の母親で、君は彼女を愛している。しかし僕としては、彼女が僕の努力を片っ端から台なしにすることは許せなかった。君は僕と食事を共にし、僕を訪ねてきて、多少の信頼を寄せてくれた。でも、僕が望む関係からは大きく隔たっていたんだ」

「私を一緒に住まわせれば、あなたはその関係を手に入れることができると思ったの？」

「かわいそうなアレシア、僕は君にほとんど選択の余地を与えなかったね」

優しくつぶやかれて、心臓がまたもやどきどきし始めた。「トレント」アレシアは力なく言った。「私、お手上げよ。あなたはなぜ、私の信頼が欲しいの？　なぜ……」彼の両手に腕をきつく握られ、彼女は口をつぐんだ。

「なぜ？」トレントはおうむ返しに言った。それから静かに言い添えて、アレシアを仰天させた。「なぜなら……君を愛しているからだ」

アレシアは驚きのあまり身を引いた。それをトレントが引き戻す。「あなたは……私を愛している！」彼女はあえいだ。

「まったく知らなかったのか？」彼は驚いたらしい。

アレシアは首を左右に振った。「ちっとも」トレントは私を愛している。愛しているのよ！

「君は当惑しているのかい、僕が君を愛していることに？」トレントは緊張した顔で問いかけた。

当惑？　これほどの喜びを感じたことは生まれて初めてだ。しかし、それを認めるのは、トレントがうすうす察しているに違いないことを裏づける結果になる。つまり、私が彼を愛していることを。

彼女はぶっきらぼうに言おうとした。「あなたは一度、私に嘘をついているわ」

「君への愛を隠すため、必要に迫られてだよ。でも、もう二度と嘘はつかない。僕を信じてくれ」

ああ、彼を信じたい。でも、確かめなくては。「出会って一週間後に、あなたは私をだましたのよ。私がここへ来た時、友達は霧のためにパリで足止めをくっていると。では、あなたはあの時……？」

「あの時、僕は君を愛していた。だから、君をだます必要に迫られた」トレントはアレシアの手を取って軽く揺さぶった。「僕の愛する人、それが真実だよ」

彼の言葉に偽りはなさそうだ。「あの時から？」

「あの時から？　その前だ」トレントの告白はアレシアの瞳を再び大きく見開かせた。

「ヘクターの銀婚式を祝うパーティで、僕は君から目を離すことができなかった。君に歩み寄った時、僕らの目が合った……そして、それで決まりさ」

「あの時から、あなたは私を愛していたの？」信じないわ。どうして信じられるかしら？

「ああ、最初から。僕は君と話した。君は魅惑的な声を持っていた。君と踊った。そして、君を抱く恍惚感に圧倒された。僕はうぶな若者のように君を愛していると口を滑らせるのが怖くて、あの場から逃げ出さなくてはならなかった。また会えることはわかっていたよ。君の名前と職場を知っていたから」

「ところがキース・ローレンスの件で、私のほうからあなたに電話をかけた。何もかもがあなたの思いどおりに運んだわけね」アレシアはショックから立ち直りかけていた。「おまけに、私は家を出たいと考えていることをあなたにもらしたし！」

「君は最高さ」トレントは微笑したが、すぐに真顔に戻った。「ヘクターのパーティから一週間後の土曜日、君が初めてここへやってきた時、僕は自分の気持が想像の産物ではなかったことを認めなくてはならなかった。僕は君と一緒にいたかった――その前の火曜日に食事を共にした時も、君から離れたくなかった。そして……」

「そして、あなたはここでコーヒーを飲もうと誘ったわ」アレシアは思い出した。

「下心はなかったよ。僕は胸を焦がす君への思いをまだ警戒していたが、君をより深く知りたいと心から願っていた。翌朝はイタリアへ飛び、金曜まで君に会うチャンスはない。

僕はただ、君と少しでも長く一緒に過ごしたいと願っただけだ」

あなたの求めに応じなくて、ごめんなさい。アレシアは彼にそう言いたかった。けれども、疑念が薄れて信頼が深まる一方で、羞恥心が頭をもたげた。「代わりに、あなたは私を家まで送ってくれたわ」

「君を見ていると、君をまた腕に抱き締めたくてたまらなくなった――キスするために」

「でも、あなたはしなかったわね」

トレントは苦笑した。「君は僕を大いに悩ませたよ、ミス・ペンバートン。僕は君と握手を交わすことさえ怖かった、君の肌の感触が僕の自制心を吹き飛ばしそうで」

「まあ！」アレシアはまじまじとトレントを見つめた。彼がそんなふうに感じていたとは。

「金曜日、僕は帰国するとすぐ君に電話をかけた。そして、生まれて初めて、嫉妬の苦い味を体験するはめになった。君が別の男とデートしたせいでね」

「しなかったわ」トレントが嫉妬を覚えるなんて！

「あの時は、それがわからなかったんだ。僕にわかっていたのは、ぜひとも君に会いたい、そのために君の男友達も招待しなくてはならないとしたらそうするまでだということだけだった。ああ、拷問とはまさにあのことだよ！」

「あなたを愛しているわ」アレシアは言った。

トレントは凍りついた。「今、なんて言った？」彼はかすれ声で詰問した。

「私がそう言ったなんて、私自身にも信じられないわ」アレシアはあえいだ。「でも……」

「でも？」

「でも、ほんとうよ」恥じらって、アレシアは小声でつぶやいた。

「僕を愛している？」トレントは念を押した。

「あなたを深く愛しているわ」

「ここへおいで」トレントはアレシアを腕の中に引き寄せ、固く抱き締めた。「あんな苦しい思いは二度と味わいたくないよ」熱い吐息とともに、彼女の耳にささやいた。

「ごめんなさい」

「もう一度言ってくれ」

「ごめんなさい」

「それじゃない」

　アレシアは声をあげて笑った。安堵のあふれる明るい笑い声だった。「あなたを愛しているわ」彼女はトレントの求めに応えた。それから、彼に表情を探られて、恥ずかしそうに言い添えた。「夢中よ」

「ああ、僕の愛する人」トレントはふうっと息をつくと、アレシアにキスをした。彼が身を引いた時、アレシアの瞳はきらめいていた。トレントは彼女の顔に見入り、再び彼女を抱き締めないではいられなかった。「君はいつ気がついたの？」

アレシアは彼の腕の中でしみじみと幸せを味わった。「私があなたを愛していると?」

「ああ、なんていい響きだろう。そうさ、いつ?」

「少しずつ気がついていったの」アレシアにもはやためらいはなかった。「初めての出会いの時から、あなたに心を動かされたことは、自覚していたわ。あなたはしばしば私の頭を混乱させたもの」

「いいぞ。それから?」トレントはアレシアのほおに優しいキスをした。

「それから、嫉妬もしたし……」

「僕が?」

「私がよ」

彼はまゆをひそめた。「しかし、君が嫉妬するようなことをした覚えはないよ。君と出会って以来、僕はほかの女性にまったく興味を引かれなかったから。毎日、昼も夜も、君のことばかり考えていた。時には気が変になるのではないかと思うほど……」

「それを聞いて、うれしいわ」アレシアはため息とともに言った。

トレントはアレシアの唇の端にまた優しいキスをした。「さあ、話してくれ。僕が完全に脱線する前に」アレシアの唇のもう一方の端にキスしながら、彼はせがんだ。「僕は何をした?」

トレントのキスのせいで、体がぞくぞくする。彼に愛されていることを知り、その愛に浸っている今、アレシアは彼が何を求めようと拒む気持はなかった。

「あの恐ろしい怪物が私の想像力を支配するのに、あなたは特別何かする必要はなかったわ」アレシアは言った。トレントは彼女を見つめて、静かに座っている。話の続きを待っているのだ。「あの日のことよ、私があなたの屋敷に移った……」

「出会って二週目の水曜日だった」

「私はとても複雑な気持だったわ」

「僕をさぞ憎んだことだろうね」

「憎もうと努めたわ」アレシアはくすくす笑った。「ともかく、あの日はニック・サンダースが私をデートに誘った日だったの。そして……」アレシアは口をつぐんだ。トレントの顔から笑みが消えている。「怒らないで。何もないのよ、あなたが……」

「嫉妬する理由は？」

「私が愛しているのは、あなたなの」

アレシアはトレントにキスした。彼はそれが気に入った様子だ。そして、アレシアは自分が何を話していたかを、苦労して思い出した。「ともかく、あの日私は初めて悟ったの。たとえ私がそうしたくても、私にとって好きな相手とデートする自由はもはや失われたと」

「君は彼の誘いを断ったの？」

「もちろんよ。でも、同時に疑ったわ、あなたも同じ考え方をしているかしらって」

「君が僕の家に住んでいるからといって、僕がほかの女性とのデートをあきらめるものだろうかと？」

アレシアはうなずいた。「あの時、私は嫉妬しているという自覚はなかったけれど、あなたが別の女の人と会うと思うと、とても不愉快だったの」

「君は嫉妬したんだ」トレントはそうきめつけて、さも満足そうだった。

「意地悪！」アレシアは愛情を込めて叫んだ。「話はまだ終わりじゃないのよ」

「ああ、さっさと話してくれ」

「私は引っ越しに気乗りがしなくてパニック状態に陥り、災いの瞬間を引き延ばしていた。でも、やっと決心してここへやってくると、あなたは出かけるところだったわ！」

「ふむ。また別の嘘について、聞きたいかい？」

「別の？」

「あの夜、最初は外出する気はなかった。僕は早めに帰宅し、君を待ちながら、じゅうたんがすり切れるほど玄関ホールを行ったり来たりしたものさ」

「まさか！」

「信じてくれ。僕は二度と嘘はつかない」トレントは再び誓った。「僕はあの夜を、お互いの理解を友好的に深める楽しい一夜にしたいと考えていた。できることなら、僕に対する君の信頼を高め、僕を好きになってもらいたいと願っていた。なのに、あんなに遅くまで君はいったいどこにいたんだ？」

「そんなことだとは、まったく知らなかったわ」

「もちろん、君は知らなかったさ、かわいい人。僕はといえば、いらだちがつのる一方でね、君がやっと現れた時には、君に八つ当たりしないために出ていくほかなかったんだ」

「まあ！」アレシアは息をのんだ。苦しんだのは私のほうだと思っていたのに。「私は憤りと嫉妬を覚えたの、私の初めての夜なのに、あなたがほかの女の人に会いに行くところだと思って」

「君はなんてかわいいんだろう」トレントがつぶやき、アレシアは体がとろけそうになった。

「ああ、トレント」彼女は声を震わせた。「あの夜帰宅してから、僕は君の部屋へ行った」

「知っているわ」夢見心地で答える。

「知っていた？　僕のせいで君は目を覚ましたの？　悪かったね……怖かった？」

「少し心配したわ。だけど……」

「ごめん、ごめん。静かに行動したつもりだったけど。君が僕の家にいることが信じられない気がして、確かめずにいられなかったんだ」

「その前から私は目覚めていたの。でも、あのあとは、死んだように眠ったわ。そして翌朝、あなたが出かける音を聞いた」アレシアはいたずらっぽくほほ笑んだ。

トレントもにこっと笑った。「僕は引き返した。そうせずにはいられなかったんだ。愛が僕を支配していた。家を出てすぐに悟ったよ。君に会うのを夕方まで待てないって。それに、君はモーニングコールを必要としていたかもしれないし！」

「私はもう起きていたわ」

「君はブルーのガウンを着て、ほんとに愛らしく見えたよ。君が越してきたばかりだというのに、僕は自分自身に対する誓いを破り、キスしないではいられなかった。驚いたかい？」

「とまどったことを覚えているわ。でも、怖くはなかった」

「僕は怖かったよ」トレントは告白した。「君は僕が守る。しかし僕はだれが守ってくれるのだろう？　僕はそう自問しながらオフィスに着いた。そして、悟った――君よりも僕のほうがより傷つきやすい立場にあると。君に会いたいと、あの日、君を慕う気持がつのる一方だった。会えば絶望的な思いを君にもらしてしまいそうで、怖かった。あの夜帰宅を遅らせたのは、僕が故意にしたことなんだよ」

「お仕事じゃなかったの？」

「働くように自分をしむけたのさ、その必要はなかったのに――その次の夜も」

トレントはなんと深く私を愛しているのだろう。アレシアは今、それをしみじみと感じた。そして彼もまた、私の気持を察しているに違いないと考えた。「あなたを心から愛しているわ」

「何度でも言ってくれ」トレントはせがんだ。二人は固く抱き合い、そっと唇を合わせた。愛を封じ込めるかのように。

永遠とも思える数分が流れた。トレントはアレシアのほおに、額に、まぶたに、小さなキスを浴びせ、彼女の腕や肩、そして髪に触れた。そこにアレシアがいることを喜びながらも、同時に彼女が消えるのではないかと恐れているかのように。

けれども、お互いの瞳の中をのぞくために二人が体を離した時、尋ねたのはアレシアのほうだった。「夢を見ているのかしら？」

「夢じゃないよ」トレントはいとおしそうにささやいた。「これはすばらしい現実さ」アレシアは彼にキスしてほほ笑んだ。トレントも同じ動作を返してから、アレシアを肩に抱き取った。「もっとも、あの週の土曜の朝、君がベッドの僕にお茶を運んできてくれた時は、僕も夢を見ているんだと思ったけど。君は僕を信頼し始めていたに違いない」

「ええ、きっとそうよ」アレシアはにっこりした。長い、胸を引き裂くような苦しみに耐えたあとで、今、愛し愛されている確信に満ちた安らぎに深々と浸る。「あのころ、私はあなたを愛し始めていたと思うわ」

「ほんとに？」再びアレシアの顔に見入るために、トレントは彼女の姿勢を変えさせた。

それから、軽く揺さぶった。「まさか、そこでやめるつもりじゃないだろうね？」

アレシアは声をあげて笑った。トレント、あなたに夢中よ！「三週間海外出張するとあなたに言われた時、私はあまりうれしくなかったことを覚えているわ」アレシアは控えめに答えると、お返しにぎゅっと抱き締められた。

「僕らは一日を共に過ごした」トレントはすぐに思い出した。「そして、なんという一日だったろう」

「あなたは……あの日を楽しんだ？」

「君に対して怒りでどうかしてなかった時はね。君は生意気にも自分自身のフラットを見つけたと言ったばかりか、僕らの同居が永久的なものでないことは僕も承知しているはずだとまで言った。そんなこと、僕はまったく考えていなかったけどね！」

アレシアの心臓がまたどきっとした。永久に僕と暮らしてほしい。トレントはそう言っているのかしら？　アレシアは彼の愛を確信しつつあったが、それを尋ねるのはためらわれた。

「私……あのう、あなたが気にするとは思わなかったの」

「気にする？　僕は激怒したよ！　理性を保とうと努力はしたけど」トレントは苦笑した。

「じゃあ、私はあなたのお屋敷に住まわせてもらって、たいして迷惑ではなかったのかしら？」

「迷惑？　いや、どちらかといえば、やっかいだったよ。君が近くにいる時はいつでも、僕はとても慎重にふるまわなくてはならなかったから」

アレシアは目をみはった。「どうして？」

「驚いたな。男という生き物について、君はまるで無知なんだ」トレントはぶつぶつ言った。「もちろん、僕が喜んで教育してあげるけど。それはともかく、君を僕と同居させることに成功したとたん、僕は極度の忍耐を強いられるはめになった」

「忍耐？」

「もともとたいして持ち合わせてはいないがね」トレントは苦笑した。「君とはろくに会えないような気がしていた。そして、やっと会えた時は――その間も君の信頼を得ようと絶えず努力していたけれど――うれしさのあまり君の手に触れたり、髪にキスしたい強い衝動に駆られてしまい、ほとんどの時間を自分との闘いに費やす始末だったのさ」

「まあ、トレント」アレシアは幸せのため息をもらした。「あなたは一緒に過ごしたあの土曜日、私にキスしたわ」

「小川にかかる橋の上でね。そして、君はキスで応えてくれた。あの時、僕は考えたよ、僕のやり方は間違っていたのかもしれないって」

「なんのお話？　私、わからないわ」

「君が僕にキスを返してくれたのは、屋敷から離れた時だったろう？　君を脅かすものから遠ざかって、君はとてもリラックスして見えた。僕は確信したよ。君の完全な信頼を手に入れるためには、充分に注意しなくてはならないと。しかし、あの夜帰宅した時、僕はまた君にキスをして思い知った。君の信頼を望んでいるくせに、僕は僕自身を信頼できないと！　僕はきわどいところで、どうにか君から離れることができたんだよ」

まあ！　あの時少々腹を立てたことを、アレシアは思い出した。トレントの言うとおりだ、私には学ぶべきことがたくさん残されている。「翌朝、あなたはまた私にキスしたのよ」彼女は思い出して言った。自分が熱烈に応えた事実に、いささか恥じらいながら。

「君をひと目見ないでは出社する気持になれなかったから、紅茶を運ぶことを口実に使った。キスをすると、君はやめてと言った。君は僕の自制心を酷使してくれたよ、お嬢さん」

「あなたがキスをやめることを、私は望んでいなかったのよ――本心では」

「なんだって？　ここへ来なさい」トレントは脅すように言い、アレシアの努力に息もつけないキスで報いた。

トレントがようやく二人の体の間にわずかな光が入ることを許した時、アレシアのほおはピンク色に染まっていた。「ねえ、あなたは電話をくれたわね」平静を取り戻そうとして、彼女は言った。「南アメリカへ出張して、最初の月曜日に」

「君の声を聞きたくて、我慢できなくなったんだ」

「そう」アレシアはため息をついた。「火曜日に、私は定刻に退社して屋敷に帰ったのよ。でも、あなたは電話をかけてこなかったわ」

「ああ、いとしい人」

「いいのよ」後悔に満たされた彼の様子を見て、アレシアは急いで言った。「あなたは水曜日にかけてくれたもの」

「何度もね――君が最後に電話口に出るまで」

「それで、あんなに私にくってかかったの？」あの時の激しいいさかいを思い出し、アレシアはからかった。

「動揺していたんだよ。そのうえ……嫉妬に駆られていた」トレントは告白した。「君はどこだ、だれといるんだと考えて。あげくのはてに、君はフラットの内装に精を出していたと平気で説明し、僕の気分を害してくれた。僕の考えでは、君の家は僕の家だったのに。あの時、急いで仕事を片づけて帰国しないと君はフラットに移るだろうと僕は恐れた」

「ああ、ダーリン」アレシアは優しく言った。「あなたを動揺させるつもりはなかったのよ」

「動揺させる？　僕はほとんど気がおかしくなる道を歩んでいたよ！　あのあと僕がいくら電話をかけても、君は留守だった。僕は……」

「また電話をくれたの？」

「たびたびね。夜に何度か、土曜の午後、日曜の午後も」

「きっと、フラットの壁を塗り替えていたのね。さもなければ、母を訪ねていたんだわ」

「ありがたいことに、僕は君がだれと一緒に壁を塗り替えていたかも知らなかった！」

「あなたを夢中で愛しているんですもの、私、ほかの男性にはまったく興味を引かれないわ」アレシアは静かに言って、しっかりと彼にキスされた。

「かわいいアレシア」トレントがささやいた。

アレシアは彼に体を寄せた。「それで、あなたは、予定より早く帰国する決心をしたの？」

「電話をかけるたびに君が留守なので気がもめて、仕事に拍車をかけたんだ。事は明らかに、僕の計画どおりに運んでいなかった」

「どんなふうに計画していたの？」アレシアは愛らしく尋ねた。

「おてんば娘！」愛情を込めて叫んでからトレントは説明にかかった。「前にも言ったとおり、君のお母さんは世間を恨み、憎しみを抱いている。僕としては、実家を出るという君の決意に、ぜひ手を貸したかった。ところが、月曜日の昼に会った時、君は君の義兄の不行跡を僕に明かすと同時に、二度と僕に会うまいと決心していたことを告げた」彼はひと息入れて、アレシアの鼻をひとさし指で軽く打った。「かわいい人、僕はそんなことは許せなかったよ」

「それで、あなたは巧妙な計画を考え出したわけね?」アレシアはからかった。幸運が偶然に舞い込んだんだ。

「たいして考える必要はなかったよ。実際、ごく簡単なことだった。いずれにせよ、ローレンスを告訴する気はなかったけどね」

「告訴する気はなかった?」アレシアは息が止まるほど驚いた。

「僕は君を愛していた。君のお姉さんを悲しませれば、君を悲しませることになる」

「ちょっと待って。私がここへ来て住もうと住むまいと、キースを告訴するつもりはなかった。あなたはそう言っているの?」

彼の返事はにやにや笑いだった。「僕を憎む?」

「おかしくなるほど」アレシアは満足そうに言って、彼にキスをした。それから、わずかに身を引いた。

「どうしたの?」トレントはすぐに尋ねた。アレシアの顔をよぎった陰を見逃さなかったのだ。

「あなたはなぜ……? つまり、火曜のことだけれど。あなたが南アメリカから帰国した火曜の早朝よ。なぜ……?」ほおが熱くなってきた時、幸運にもトレントが理解してくれた。

彼はまず、アレシアの額にそっと唇を触れた。「僕のいとしい人、僕が君を求めなかったと考えてはいけないよ。君には決してわからないだろうけど……」彼は途中で言葉をのみ込んだ。「説明したほうがいいね」そう言うと、彼は先を続けた。「君のもとに戻るために、僕は猛烈に働いた。そして、予定より五日早く帰国した時、君の寝室のドアを開けないではいられなかった。許してくれ、君をひと目見たいという誘惑に逆らえなかったんだ」

「でも、私はそこにいなかった」

「僕の人生で、あの時ほど気落ちしたことはなかったよ。打ちのめされた気分で、自分の部屋に戻った。ドアを開け、ベッドに歩み寄って、枕元のスタンドをつけた……そして、我が目を疑った！」

「私……あなたがいなくて寂しかったの」

「ダーリン、ほんとに？」トレントはもっと聞きたい様子だ。

「あの少し前から、私は落ち着きを失っていたの」アレシアはトレントの願いに応えた。「土曜日にはじっとしていられなくなって、ニック・サンダースをディナーに招待したわ――フラットの塗装を手伝ってもらったから、お礼の意味で」

「ふうん、君はそんなことをしたの？」

トレントの口調は穏やかだった。しかし、彼が別の女性をデートに誘ったと告白したら、アレシアもやはりいい気はしなかっただろう。「その夜はフラットに泊まったわ。もちろん、ひとりでよ。そして翌朝、私はようやく悟ったの、しばらく前からわかっていた事実

――あなたを愛していることを」

「日曜日に悟ったのかい?」

アレシアはうなずいた。「みじめな気持だったわ。月曜の夜は寝つけなくて、あなたを身近に感じたくてたまらなくなったの。それで、ふと思いついて、あなたのベッドに入ったのよ。でも……」

「でも、まさか僕が帰ってこようとは、夢にも思わなかった」アレシアの代わりに、トレントが続けた。「僕はといえば、スタンドをつけて君を見つけたあと、君のかたわらに横たわった。二週間以上も離れていたあとで、ようやく君のすぐそばにいることができる
――その喜びに浸りたかったんだ。信じてくれ、やましい下心はなかったよ」

「だけど、私が目を覚ました」

「君をおびえさせないよう、僕はさりげなくふるまったつもりだよ。でも同時に、君が僕のベッドで眠ったという事実はどう解釈できるのだろうと懸命に考えていた」

「まあ、あなたはすべてお見通しだと思っていたのに」

「お見通し? 僕は地獄の苦しみを味わっていたよ。僕を憎んでいれば、君は僕のベッドでは眠らなかっただろう。でもね、それじゃ、君がどのくらい僕を好いてくれているかとなると、お手上げだった。それに、どうすればそれがわかるかについても」

「私たちはキスしたわ」アレシアは言った。「そして、それもまた、手に負えなくなった」

「あなたがキスをやめたのは、そのせい？」

トレントはアレシアを抱き寄せ、彼女の髪にキスをした。「愛するアレシア、あの時までに僕らはもう引き返せないほど奔流に押し流されていた。君の羞恥心が一瞬のためらいを示さなかったら、僕は君を自分のものにしていたとも」

「それじゃ、私のせい？」

トレントは声をあげて笑った。「君はなんてかわいい人だろう。いや、僕の純真なアレシア、あれはすべて僕の責任だ。君がとっさに身を引いたあの一瞬、僕は自分のやっていることを反省した。これが君の信頼を得るやり方だろうか、と。君が僕のベッドに入ったことにつけ込んで……。僕とベッドを共にすることになろうとは、君は知らなかったのだから。君への欲望を抑えようと懸命に努めると同時に、君にとって何が最善かを見いだそうと、僕は必死で頭を絞った」

トレントがそんな内心の葛藤（かっとう）に苦しんでいたとは。アレシアは唖然とした。「私は自分のベッドに戻ったほうがいい。あなたはそう決めたの？」

「君がいては、僕はきちんと頭が働かないもの。だが、あんなふうに誘惑したりして、僕は君を落胆させなかったかい？」

「私の考えでは、誘惑は双方が同罪だったわ」恥じらいながら、アレシアは答えた。

「かわいい人、あの時、君は陥落寸前だった。そして僕はそれを知っていた。僕は考えなくてはならないのに、君がまだそばにいる。あれはまさに悪夢だったよ！　明かりを消したら出ていくと君がほのめかしたことを思い出して、僕はそうした。君がいなくなってから、僕は一睡もしないで考えた。そして、僕らは話し合わなくてはならないという結論に達したんだ。ベッドの君に紅茶を運ぶことが、また役に立ったよ」

「あの時、私はおびえていたわ。あなたを愛していることを、あなたに見透かされたのではないかと」

「僕もおびえていたよ、君が僕を愛していることを願うあまり。あの晩、僕は早々と帰宅したけど、君は帰ってこなかった」

「怖くて逃げていたの。私をフラットでつかまえた時に、あなたが気づいたとおり」

トレントはにこりと笑ったが、再び真顔に戻って告白した。「君の同僚が我が物顔で入ってきて、君のベッドルームでの努力を祝いたいと言った時は、僕は殺人もしかねない心境だったよ。君が僕に多少の好意を持っているかもしれないと期待し始めた矢先に……。僕が海外に出たのをいいことに、君はたっぷり楽しんでいたってわけだ。血の通った人間には耐えられない事態だ」

「私の〝安っぽい〟非難は、事態を改善する役には立たなかったでしょうね。あの時、私はまだ知らなかったの——あなたが私を愛していることを」

「あれで、僕は地獄の苦しみをなめたよ」

「まあ……。それで、今は？」

「今は最高の気分さ」

アレシアは胸をなで下ろした。「あなたは私の持ち物を送り返さなかったわね――そうすると言ったのに」

「あのあと、頭を冷やして考えたんだよ。僕らの別れ方からして、君が最初に行動を起こすべきだと。そもそも、君に僕を信頼することを学んでほしいという僕の願いが、すべての発端だったから」

「あの時もまだ、私の信頼を望んでいたの？」

「ああ、僕のところにやってくるくらいの信頼をね。プライドに妨げられるかもしれないが、君は衣類を取りに来るという申し分のない口実を持っていたもの」

「おりこうさんね」アレシアは穏やかにつぶやいた。「もちろん、それが私の使った口実だわ」

トレントはアレシアの鼻の頭にキスしてから、真剣なまなざしに戻って打ち明けた。

「待つのは、うんざりするほど長かったよ。目覚めている間は、君のことばかり考えていた。眠ることも、食べることもできなかった。で、君はどこにいた？　訪ねてもこないし、電話もよこさなかったじゃないか」

「ああ、トレント」アレシアはささやいた。彼がそんな気持でいたとは、まったく知らなかった。

トレントは微笑した。「アレシア、僕は今日、ほとんど限界に近づいていたんだよ。実際、ある結論に達したところだった。君を僕の人生に加えなくてはならない。それが、僕にとって、唯一確かなことだと。〝君を僕の人生に加えなくてはならない〟なんてすばらしい言葉だろう！　アレシアはごくりとつばをのみ込んだ。「そして、私がいたのね」

「そうだ、君がいた。信じられない思いだったよ。胸が狂おしく高鳴ったが、僕はそれに抗し、高ぶる気持を隠さなくてはならなかった」

「ああ、ダーリン」アレシアはため息とともにトレントに優しくキスして、同じお返しをもらった。「今では二人とも気持を隠す必要はないわ」

「ああ、もう決して」トレントは穏やかにうなずいたが、こう続けて彼女を金縛りにした。「アレシア、僕の命。僕が君にここへ来て、僕と暮らすように求めたのは、君が僕を信頼することを学び、僕に親しみ、他人とある種のかかわりを持つことはお母さんに教え込まれたほど恐ろしいことではないと理解してもらいたかったからだ。しかし、今では、僕はそれ以上のことを望んでいる」

アレシアはまじまじと彼を見た。何を言っているのだろう？　よくわからない。しかし、もう隠しごとはしない約束だ。「私、自分だけの場所が欲しいと思っていたけれど、もう欲しくないの」

「なぜ?」トレントは追及した。

「なぜって……」アレシアは深く息を吸った。「あなたと一緒に暮らしたいから」

「ああ、愛する人」彼女の髪をそっとなでながら、トレントは低くつぶやいた。片腕で彼女の体をきつく抱いて、真剣な顔で尋ねる。「僕と結婚してもいいほどに?」

「結婚……」あえぐアレシアを、トレントがしっかりと支えた。

「イエスと言ってくれ」トレントはせきたてた。「君が結婚に先入観を持っていることは知っている。でも、二人で……」

「私……あの、持っていないわ。どんな先入観も」やっと息をついて、アレシアは彼をさえぎった。トレントは私にプロポーズしたのだ!

「君は……先入観を持っていない?」

アレシアは微笑した。「ミスター・デ・ハヴィランド、あなたが私の世界をひっくり返したのよ。私はあなたを愛し、信頼していて……」

「つまり、イエスってこと?」トレントは待ち切れなかった。「君は僕を愛し、信頼している……。僕と結婚してくれるかい?」

「そうしたいと心から願っているわ」アレシアは答えた。そして、トレントが喜びの叫び声とともに彼女を抱き締め、顔中にキスを浴びせた時は、耳の中のとどろきが彼女自身のものか、それともトレントのものか、はっきりわからなかった。

「ああ、アレシア、君が結婚に同意してくれたなんて、まだ信じられない気持だよ。毎日が地獄だったんだ」アレシアののどに唇を押し当て、トレントはうめくように言った。

「まあ、ダーリン」彼の顔にほおを寄せて、アレシアはささやいた。「これ以上苦しまないで」

「かわいいアレシア」トレントはわずかに身を引き、いとおしむように彼女の顔に見入った。「僕も君を苦しめた。許してほしい」

アレシアは身を乗り出して、彼の唇にキスをした。許すべきことは何もない。彼を愛しているのだから。

●本書は1998年6月に小社より刊行された作品を文庫化したものです。

危険な同居人

2024年10月1日発行　第1刷

著　者　ジェシカ・スティール

訳　者　塚田由美子（つかだ　ゆみこ）

発行人　鈴木幸辰

発行所　株式会社ハーパーコリンズ・ジャパン
東京都千代田区大手町1-5-1
04-2951-2000（注文）
0570-008091（読者サービス係）

印刷・製本　中央精版印刷株式会社

Printed in Japan © K.K. HarperCollins Japan 2024 ISBN978-4-596-71282-0

10月11日発売

ハーレクイン・シリーズ 10月20日刊

ハーレクイン・ロマンス

愛の激しさを知る

白夜の富豪の十年愛
《純潔のシンデレラ》
ジョス・ウッド／上田なつき 訳

無垢のまま母になった乙女
《純潔のシンデレラ》
ミシェル・スマート／雪美月志音 訳

聖夜に誓いを
《伝説の名作選》
ペニー・ジョーダン／高木晶子 訳

純潔を買われた朝
《伝説の名作選》
シャロン・ケンドリック／柿原日出子 訳

ハーレクイン・イマージュ

ピュアな思いに満たされる

透明な私を愛して
キャロル・マリネッリ／小長光弘美 訳

遠回りのラブレター
《至福の名作選》
ジェニファー・テイラー／泉　智子 訳

ハーレクイン・マスターピース

世界に愛された作家たち
～永久不滅の銘作コレクション～

愛を告げる日は遠く
《ベティ・ニールズ・コレクション》
ベティ・ニールズ／霜月　桂 訳

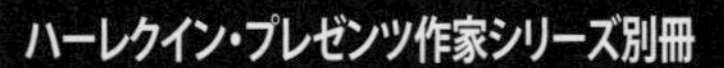

ハーレクイン・プレゼンツ作家シリーズ別冊

魅惑のテーマが光る極上セレクション

傷ついたレディ
シャロン・サラ／春野ひろこ 訳

ハーレクイン・スペシャル・アンソロジー

小さな愛のドラマを花束にして…

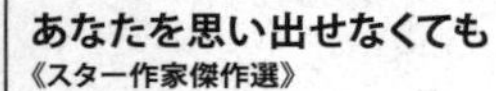

あなたを思い出せなくても
《スター作家傑作選》
シャーロット・ラム他／馬渕早苗他 訳